아버지의 눈물

육필소설
아버지의 눈물

심광일 지음

도서출판 한글

아버지의 눈물

2022년 4월 20일 1판 1쇄 인쇄
2022년 4월 25일 1판 1쇄 발행

저 자 심광일
발행자 심혁창
마케팅 정기영
교 열 송재덕
디자인 박성덕
인 쇄 김영배
펴낸곳 도서출판 한글
우편 04116
서울특별시 마포구 신촌로 270(아현동)
수창빌딩 903호

☎ 02-363-0301 / FAX 362-8635
E-mail : simsazang@daum.net
창   업 1980. 2. 20.
이전신고 제2018-000182

* 파본은 교환해 드립니다
* 정가 12,000원

ISBN 97889-7073-609-9-83810

발행인의 말

시대가 바뀌고 활자문명의 발달로 지금은 손으로 글씨 쓰기가 힘들어졌고, 그러다 보니 손으로 쓴 문학작품은 찾아보기도 힘든 세상이 되었습니다.

저는 50년이 넘게 출판을 하면서 활자의 변화를 보아 왔습니다. 납으로 주조한 활자, 사진식자, 청타, 백타, 이제는 컴퓨터로 무슨 글자나 어떤 모양의 글자든 다 활용하여 원고를 작성하고 책을 만드는 매우 편리한 시대가 되었습니다.

그런 가운데 심광일 작가께서는 손수 작품을 옛날 보릿고개 시절을 배경으로 정성을 쏟아 손으로 탈고를 했습니다.

현대적으로 보면 시대에 뒤떨어진 것 같은 손 글씨 육필작품이지만 이런 작품은 우리나라에서 처음이자 마지막일 수도 있습니다.

사업성이 떨어지는 경향이 있지만 작가가 심혈을 기울여 짓고 쓴 정성에 감동하여 손 글씨 그대로 발행하기로 하고 한정판으로 소량 발행하여 전국 유수서점에만 배부합니다.

사업성을 떠나 육필 작품이라는 희귀성을 귀히 여겨 독자 앞에 올리오니 글 쓴 이의 손 냄새를 맡으면서 애독해 주시면 고맙겠습니다.

양해말씀 : 고령의 작가는 나름대로 철자법과 띄어쓰기를 바로 쓰려고 노력했지만 몇 군데 실수가 있었습니다. 손 글씨로 쓴 작품이라 수정하기도 어려워 그대로 두었사오니 독자제위께서 양해하여 주시기 바랍니다.

발행인 아동문학가 심혁창

작가의 말

아침에 까치가 와서 짖으면 반가운 손님이 온다는 밀이 있다. 그러나 지금은 옛말이 되었다.

옛날, 시골 한적한 마을에는 하루 종일 외지에서 오는 사람이 드물었다. 그런 상황에서 어쩌다 낯선 사람이 나타나면 경계심이 강한 까치가 자기 영역을 침범하는 사람이 나타났다고 깍깍거리며 비상을 거는 소리인데 사람들은 오히려 반가운 손님이 오신다고 알리는 신호로 듣는다. 오랜만에 친구나 친척이 찾아오니 반가울 수밖에 없었던 터라 까치 소리는 기쁜 소식으로 들릴 수밖에 없다.

그러나 지금은 옛날과 다르다. 세계 인구가 기하급수적(약72억 명)으로 늘어났고 사람들의 왕래도 빈번해져서 까치도 잠잠해졌고 사람들의 직업도 다양해졌다.

지금은 머슴이라는 말이 없어진 상태지만 옛날에는 배우지 못하고 가난한 사람은 머슴을 살았다.

그런데 선거 때만 되면 자기가 머슴이 되겠다고 哀乞伏乞하는 국회의원, 대통령 출마자들이 와글거린다.

그렇듯 선거에 가장 많이 쓰이는 말이 머슴이다. 국민 여러분의 성실하고 충실한 머슴이 되어 드리겠습니다.

그렇게 빌다가도 당선만 되면 주인으로 모시겠다는 국민을 머슴으로 아는 정치인들이 허다하다.

이 육필 소설에는 진짜 머슴이 어떤 것인지 흙냄새가 어떤 것인지 알려주는 메시지가 있다. 옛날 머슴은 주인을 임금님 모시듯 하고 의리를 철저히 지켰다.

그러나 자칭 나라의 머슴이 되겠다는 인물들이 배워야 할 것이 옛날 머슴의 의리와 정신이다. 진짜 머슴의 정신이 어떤 것인지도 모르는 인사들이 머슴이라는 말을 함부로 써 먹는 걸 보면 어이가 없다.

손으로 꼬박꼬박 쓴 이 작품 소재가 촌스럽고 케케묵은 옛 고향 이야기지만, 세상이 아무리 발달하고 천년의 세월이 흘러도 인류의 근본인 으뜸 직업은 농업이다. 농사와 머슴정신은 영원히 간직해야 할 덕목이다.

지은이 심광일

차 례

골목 대장 뽑는 날

7월의 무더운 여름 날씨다. 방학을 맞아 양지 마을 아이들의 중요한 행사가 벌어지는 날이야.

광우, 연용, 지홍, 병석, 만석, 다섯 명이 떡볶이를 먹고 나오며 말한다.

"역시 떡볶이는 양지떡볶이집이 최고야 안 그러니?"

광우가 생색을 내며 으스댄다.

"맞아 이 집이 최고 맛있어. 광우야 잘 먹었어."

만석이가 생글거리며 아첨을 하면서 말한다.

"광우야 날씨가 너무 더운데 우리 하드 하나씩 더 먹자."

"그래 오늘 너는 천하장사 대장될 것이 뻔한데 그 정도쯤이야?"

연용이도 맞장구 아첨을 하면서 광우의 눈치를 살핀다.

"좋아, 가자."

아이들은 우르르 마트로 몰려가서 부라보콘 하나씩 골라 잡는다.

"역시 우리 대장 광우가 최고야!"

"야, 아직 대장이 아니잖아."

"에이, 보나마나지."

"그렇지만 방심해선 안 돼, 왜냐하면 힘이야 광우가 조금은 더 세지만, 상진이 힘도 만만치 않아 그러나 걔는 꾀가 많잖아."

"맞아, 경기를 하다 보면 지고 싶지 않아서 승부욕이 생기잖아."

그러자 모두들 약간 걱정이 되어 불안한 생각에 곰곰이 생각하며 씨름장으로 걸어간다.

"야, 만석아, 네가 오늘 심판 볼 거잖아 무슨 좋은 생각 없어?"

"그래, 만석아 너는 우리들의 아이디어 뱅크잖아."

"걱정 마 나도 생각이 있으니까."

"확실한 방법이 있는 거지?"

"걱정하지 말라니까, 애들아 빨리 가자."

마치 광우가 대장에 뽑힌 것 처럼 깔깔거리며 씨름장으로 몰려 간다. 저 멀리 모래톱에는 벌써 영길이와 수석이가 와 있었다.

"야, 쟤들은 벌써 연습하고 있나 봐."

광우네 편 아이들이 달려가려고 하자 만석이가 스톱을 시킨다.

"얘들아, 잠깐! 병석이하고 연웅이가 먼저 가고, 잠시 후에는 광우하고 지훈이들이 가고, 나는 맨 나중에 갈게."

"왜 그런건데?"

"모두 함께 가면 의심받잖아!"

"아, 맞아! 역시 너는 내 비서했으면 좋겠다."

그리하여 병석이 연웅이가 먼저 떠나고, 잠시 후에는 광우, 지훈이가 떠났다. 그리고 잠시 후에는 상대 편 상진이와 성권이가 도착했고, 맨 나중에 만석이가 도착하여 모두 9명이 다 모였다.

"얘들아, 늦어서 미안해."

"알았어, 심판이라 봐줄게 빨리 시작하자."

"우리가 총 9명이라 홀 누라서 짝이 맞지 않고 더구나 나는 몸이 약해서 보나마나 풀려나까, 나는 기권하고 심판이나 보는 것이 어떻습니까?"

"좋아 좋아, 만석이가 씨름에 대해선 잘 아니까 찬성이오."

14

"자, 그럼 지금부터 양지마을 초대 어린이 천하장사 대장 씨름 대회를 시작 하겠습니다."

"야, 웃기지 좀 말아라 하겠습니다, 가 뭐냐?"

"그럼 1조는 지난 예선 때와 정 반대로, 마광우 이연웅, 조지홍, 하병석, 이상 4 명이고, 2조는 오상진, 박성길, 민두석, 김영길, 이상 4 명, 그리고 심판 서만석 입니다. 이제 경기를 시작하는데 4강은 단 판 승이고, 결승전은 3 번 싸워 2 번 이기면 최종승 자가 되어, 영예의 천하장사 대장이 되는 겁니다. 아 시겠지요?"

"알겠습니다. 빨리 시작합시다, 비가 올 것 같잖아."

"날씨가 흐리니까 씨름하기 좋은데 뭘···"

"1조 마광우. 이연웅 출전하시오."

그러자 싱글싱글 웃으며 광우와 연웅이가 걸어 나와 무릎을 꿇고 샅바를 잡는다.

"왼 무릎 세워, 일어 섯, 준비! 휘리릭."

휘슬이 울리자 마자 엎치락, 뒷치락하며 밀치고 당기며 4 강전 답게 결승에 오르기위해 최선을 다 하는 모습이다.

"광우 이겨라, 연웅 이겨라."

"야, 들배지기! 호미걸이 야 야 아이고…"

그때였다. 광우가 연웅을 번쩍 들어 올리더니 그대로 땅 바닥에 메쳤다.

"휘리릭, 마광우 승." 역시 광우의 힘은 대단했다.

"다음은 2조 오상진, 박성길, 출전 하시오."

키가 큰 성길이가 성큼성큼 걸어나오고 옹골차게 생긴 상진이도 당당히 걸어나온다.

"왼 무릎 세워, 일어 섯! 준비, 휘리릭."

성길이의 황새처럼 긴 다리가 돋보이지만, 긴 다리가 약점일 수도 있다는 상진이의 생각이 과연 어떠할지 …. 모두는 궁금해 할 수 밖에 없었다.

"광우야, 누가 이길까? 키 큰 성길이가 유리하겠지?"

"그렇지만, 휘청휘청 하잖아."

모두 숨을 죽이면서도 한 편에선 응원도 뜨겁다.

"야, 성길아! 무릎치기, 오금, 오금 당겨, 오금 아아…"

"상진아, 안다리, 안다리, 아 아… 아이고…"

역시 2조에서는 상진이와 성길이가 적수였다. 공격하면 교묘히 방어하고 좀처럼 승부가 나질 않는다. 그때였다, 상진이의 기합 소리와 함께 성길이의 긴 다리의 안쪽을 깊이 오금을 당겨 무릎을 꿇리고 말았다.

"휘리릭, 오상진 승!"

상진은 미안해하며 성길이의 등과 배에 묻은 모래를 털어주며 손을 잡아 일으켜준다. 아이들의 함성과 함께 박수 소리가 빗발친다.

"와아! 오상진, 매너도 최고다."

이렇게 하여 4강전이 끝나고, 이제 대망의 결승전만 남았다. 결승전은 1조 우승자 마광우, 2조 우승자 오상진이었다.

"자, 그럼 지금부터 대망의 결승전을 시작하겠습니다."

그 때 수석이가 손을 들고 한 마디 한다.

"만석아, 지금 바로 시작하면 안 되지, 광우는 10분 이상 쉬었고, 상진이는 1분도 쉬지 못했잖아."

"어쩔 수 없어 저기 좀 봐, 저쪽엔 지금 비가 억수로 쏟아지고 있잖아." 만석이는 당당하게 거절한다.

아닌게 아니라, 지금 이 씨름장에도 한 방울씩 떨어지고 있는 것이다. 상진은 생각한다. 광우와 나 자신의 처지를 생각하니, 심정이 복잡해 진다. 광우를 이기면 여러가지로 괴로움이 생길 것 같고 그렇다고 일부러 저 구자니 진심으로 나를 응원하는 친구들에게 미안한 일이고, 또한 비겁한 노릇이 아닌가! 상진은 무슨 생각에서인지, 갑자기 일어나 광우의 살바를 잡는 것이다.

광우도 속으로 생각한다.

'흥, 똑똑하다는 네가 나를 이기면 어떻게 된다는 것쯤은 잘 알고 있겠지? 그런데도 나를 이긴다면 너는 정말 바보지…'

"왼 무릎 세워, 일어 섯! 준비, 휘리릭."

시작하자마자 광우는 자기의 힘만 믿고 상진이를 번쩍 들어 올리려 하자, 그 순간 상진이는 그 힘을 역이용하여 광우의 양다리 사이로 오른 발을 깊숙이 찔러 넣어 호미걸이로 공격했다. 그러자 그 순간, 광우는 엉덩방아를 찧고 나가 떨어지고 말았다. 그러자 모두가 놀라워하며 박수를 치려는 순간, 심판 만석이는 뜻밖에도 엉뚱한 판정을 내렸다.

"마광우 승!"

"야, 만석아! 상진이가 이겼잖아!?"

"상진이는 반칙을 했기 때문에 반칙패야."

그러자 성길이가 화가 나서 강력히 항의한다.

"상진이가 무슨 반칙을 했냐?"

"시작 전에 먼저 공격을 하는 것은 분명 반칙이야." 그러자 이번에는 수석이가 큰소리로 언성을 높여 항의한다.

"그것은 자세를 바로 잡으려는 것이지 그것이 어떻게 공격이냐?"

"어쨌든 그것은 분명 반칙이니까 반칙 패야"

"야, 발바닥 조금 움직인 것이 공격이냐?"

만석이의 코 앞에 얼굴을 맞대고 싸움으로 번질 기세다. 진짜 주먹 싸움이라도 일어날 그런 분위기가 고조되자 상진이가 끼어들어 말린다.

"애들아, 우리 심판 판정을 존중하자. 꼭 이기는 것이 목적은 아니잖아?"

그러자 수석이가 더욱 흥분하여 말한다.

"상진아, 그럼 네가 졌다고 인정한단 말야?"

"할 수 없잖아. 그 대신 앞으로 두 번 다 이기면 되잖아!"

그제서야 겨우 진정하고 다시 샅바를 잡는다.

광우는 은근히 화가 치민다. '뭐라고? 두 번을 다

이긴다고? 이자식, 정말 생각이 없는 놈인가? 네가 나를 이기면 어떻게 된다는 것을 정말 모른단 말인가!?' 하지만 광우는 은근히 불안해진다.

"왼 무릎 세워, 일어 섯! 준비, 휘리릭."

몇 번을 엎치락뒷치락하며 밀고 당기고 하더니, 너무도 어이없는, 믿을 수 없는 일이 벌어졌다. 상진이가 맥없이 쓰러지고 만 것이다. 모두 놀라며 믿기지 않아 어안이 벙벙할 뿐이다.

"휘리릭, 마광우 승!"

"야, 상진아! 어떻게 된 거야? 이게 뭐야?"

"미안해……"

"마광우가 2승을 했기에 양지마을 초대 천하장사 대장이 되었습니다."

광우네 편 아이들은 신나게 박수를 치고, 상진네 편 아이들은 힘없이 어정쩡하게 박수를 친다. 그러나 만석이는 한 번도 박수를 치지 않았다. 과연 만석이는 중립을 지키기 위해서 박수를 치지 않았을까? 어쨌든 이렇게 씨름대회는 끝났다. 그러나 그 이후로 두 가지 소문이 나돌았다. 첫째 광우가 대장이 된 것은 순전이 만석이의 농간으로 엉터리 심판 때문이다. 그래서 광우는 그 대가로 만석이한테 선물도 사주고 맛있는 것도 사준다는 것이다. 또 한 가지는 실력으로 봐서 분명히 광우를 이기고도 남을 충분한 실력이 있는데도 자기의 처지를 생각해서 어쩔 수 없이 져 주었다는 소문이 온 동네에 퍼졌다. 그러자 광우와 만석이는 아이들이 모여 무슨 얘기만 해도 자기들 이야기 같아 마음이 불안해진다.

장마가 끝난 후

광우가 천하장사 대장이 되고나서는, 어깨를 으쓱거리며 걷는 걸음이 정말 가관이다. 자기 책가방을 친구에게 들고 가라는 둥 숙제한 노트를 가지고 오라는 둥 참으로 꼴불견이었다.

하루는 이런 일이 있었다.

대야에 물을 담아 봉당에 (마루와 마당 사이의 뜰) 앉아서 발을 닦고 있는데 상미가 지나간다.

"야, 상미야! 너 마침 잘 왔다, 이리와서 오빠 발 좀 닦아라."

"내가 왜 오빠 발을 닦아?"

"잔말 말고 닦으라면 빨리 와서 닦아!"

"웃겨, 내가 왜 그 짓을 해?"

"뭐라고?, 왜 그 짓을 해?"

"내가 왜 오빠 발을 닦느냐고?"

"몰라서 묻니? 너네 아빠가 우리 집 머슴이잖아 그리고 이 동네 내가 대장이잖아."

"흥, 정말 웃기네, 동네 사람들 얘기도 못 들었나

봐, 동네 사람들이 뭐라고 그러는지 알아?"

"동네 사람들이 뭐라고 그러는데?"

"우리 오빠가 대장이래. 그리고 우리 아빠가 일 안 해주면, 이 집 식구들은 게을러서 모두 굶어 죽을 거라고."

"뭐라고? 이 계집애가!" 광우는 벌떡 일어나 손바닥에 물을 담아 상미에게 확 끼얹는다.

그러자 상미가 분해서 소리내어 울어버리자 상진이가 달려나온다.

"왜 그러니 상미야?"

"글쎄 나보고 발을 닦으라고 하면서, 계집애라고 욕하고 물을 끼얹었잖아."

"야, 너 이래도 되는 거니?"

"그래, 안 될 건 뭐니?"

"빨리 사과해."

"뭐, 사과? 너 잘 만났다. 지난번 씨름대회에서 일부러 져주었다면서?"

"난 그런 말 한 적 없어!"

"없어? 그런데 왜 그런 소문이 돌지?"

"그걸 내가 어떻게 아니?"

광우는 대뜸 상진이의 멱살을 잡고 흔들어대는 것이다. 그러자 상진이는 숨이 막히는지 캑캑거린다.

"야, 이거 봐! 놓으란 말야!"

"야, 비겁한 놈아 일부러 져 줬다고?" 하면서 느닷없이 상진의 가슴을 때리는 것이다. 순간 상진이는 숨이 막히는지 '으윽' 하면서 몸을 웅크리자 상미가 달려들어 광우를 밀쳤다. 그러나 덩치 좋은 광우가 밀리기는커녕, 오히려 상미를 밀어버려 비명을 지르며 벌러덩 넘어지고 말았다. 그러나 상미는 다시 일어나, 달려들어 광우의 손목을 물어 버렸다. 광우가 '아야' 하면서 손목을 감싸 쥐더니 벼락같이 상미의 뺨을 때리는 순간이었다. 그 광경을 보자, 상진이는 더 이상 참을 수 없어 주먹을 불끈 쥐고 광우의 입언저리를 후려치자, 광우는 '으윽' 하면서 쓰러져 코피를 흘렸다.

이 광경을 옆 집 아줌마가 담 너머에서 바라보다 뛰어나와 말리는 바람에 더 이상 큰 싸움은 없었다.

그 날 저녁때쯤 광우 아빠 마일수는 몹시 화가

나서 오준만에게 분풀이하듯 큰 소리친다.

"오서방, 애들 교육을 어떻게 시켰기에 이 모양인가? 어떻게 할 건가?"

"아이구, 죄송합니다. 이놈아 어서 무릎 꿇고 빌어! 주인님, 죄송합니다."

"광우가 먼저 상미를 때리고…"

"뭣이 어쩌고 어째? 이놈아, 너나 상미는 멀쩡한데, 어딜 어떻게 맞았냐?"

"가슴을 맞아서 숨도 제대로 못 쉬고…"

"요, 요, 요녀석 좀 보게 말끝마다 말 대답 좀 보게, 이녀석 안 되겠구나 경찰서에 가서 혼 좀 나 보겠냐? 아니면 진단서라도 끊어올까?"

"아이구 주인님, 정말 죄송합니다."

"이놈아, 저 광우 좀 봐라, 입 언저리가 이렇게 붓고 손톱은 물어뜯긴 자국이 아직도 벌건데, 이놈아 그래도 잘못이 없단 말이냐?"

"이놈아, 뭐해 얼른 잘못했다고 용서를 빌지 않구… 주인님, 애들끼리 싸운 것이니, 그만 용서해 주시지요. 저를 봐서라도 용서해 주십시오."

"무릎을 꿇고 용서를 빌어도 할지 말진데 저 놈
태도를 보게나, 빳빳히 서 있는 꼴 좀 보게나!"

용서해 달라고 애걸하며 굽신굽신 하는 아빠가
정말이지 불쌍하기도 하지만, 창피하고 미워져서
상진은 서러운 마음에 울음이 터질 것만 같았다.

하지만 아빠가 이 집 머슴살이를 하고 있는 이상
현실을 어찌 할 방법이 없어, 가슴에 끓어 오르는
분노의 말을 하지 못한 채 울분을 삭이며 밖으로
뛰쳐나갔다. 밖을 나오니 비가 한두 방울씩 떨
어진다. 무작정 발 길 닿는 대로 걸었다. 날씨는
후덥지근하게 덥고 속에서는 열불이 나니 비라도 막
퍼부었으면 좋겠다는 생각이 들었다.

날씨도 상진이의 마음을 알았는지 정말 비가 점점
세차게 쏟아지기 시작했다. 날은 완전히 어두워
졌고 사람들의 왕래도 뜸해졌는데, 저 멀리서 아빠
의 목소리가 들려온다.

뒤 이어 엄마의 목소리, 상미의 목소리도 들려온다.

"상진아, 상진아!"

"오빠, 오빠아—"

상진은 어쩔 수 없이 가족이 있는 곳으로 걸어간다.

엄마가 제일 먼저 보고 달려와 우산을 씌워주며, 머리며 얼굴의 빗물을 닦아주며, 꼭 부둥켜 안고 집으로 향했다. 밤새도록 비가 쏟아지더니 그 이튿날도 계속 퍼 붓는 것이다.

잠시 그쳤는가 싶으면 또 쏟아지고, 그치고 쏟아지기를 4일이나 계속되니, 동네는 온통 물바다가 되었다.

5일째 되던 날 비는 완전히 그치고 오랜만에 아침해가 솟았다.

오전 8시쯤 되었을까? 저쪽에서 정상이 아닌 이상한 자동차 소리가 들린다.

'부앙~부아앙'

알고 보니 자동차가 진흙탕에 빠진 것이다.

아무리 나오려고 해도 헛 바퀴만 돈 뿐 빠져 나오질 못하고 있다. 한 사람은 뒤에서 밀고 밀어 보지만, 계속 헛바퀴만 돌고 있다.

"회장님, 도저히 안 되겠는데요, 동네에 가서 삽이라도 빌려 와야겠어요."

마침 그때 저쪽에서 삽을 들고 오는 사람이 있었다.

" 김부장, 저기 저 사람한테 부탁 좀 해야겠네. "

삽을 들고 있는 사람은 진흙탕에 빠진 승용차를 발견하고 다가오면서,

" 아이고, 차가 심하게 빠졌군요. "

" 네, 아저씨 좀 도와주십시오. "

" 도와드리고 말구요. "

삽을 든 사람은 바퀴 밑을 파기 시작한다. 얼마큼 파 냈을까, 땅을 뻘뻘 흘리며 힘들어하자, 회장이라는 사람이 미안하게 생각하며 말한다.

" 김부장, 자네가 좀 파지 너무 힘드신데… "

" 아저씨 삽 이리주십시오, 제가 좀 파겠습니다. "

" 농삿일 안 해본 사람은 힘들어요. "

" 하지만 전 아직 젊은 걸요. "

" 낚시하러 오셨나요? "

" 예. "

" 이 저수지는 우리 양지마을의 명물이지요. "

" 그렇겠어요, 주변 경치도 좋구요. "

" 비가 많이 오면 1년에 두서너 번씩 이런 일이 꼭 생긴답니다.

"저기 큰 길에서 저수지까지 포장하면 좋을텐데."

"그 비용을 누가 대겠습니까? 유료라면 모를까."

"아저씨 이만하면 되겠지요?"

"아이구, 더 파고 그 밑에 돌을 깔아야 해요."

김부장이 시동을 걸고 출발하려 하자 나올 것 같더니 다시 헛바퀴 만 돈다.

그때 마을 쪽에서 누군가 뛰어 오면서,

"아빠, 아침 잡수세요."라고 큰 소리로 말한다.

"오냐, 너 마침 잘 왔어. 얼른 집에 가서 가마니 두 장만 갖고 오너라."

눈치 빠른 아이는 이유를 묻지도 않고 뒤돌아 잽싸게 달려간다.

김부장은 다시 한 번 출발하려 하지만, 역시 헛바퀴 만 계속 돌더니, 하얀 연기까지 나오며 타이어 타는 냄새만 풍긴다.

"이 동네 사신 지가 얼마나 되셨습니까?"

"한 30년 살았으니 고향이나 다름없지요."

"그렇군요 그러고 보니 작년에도 저기 저쯤에서 빠진 차를 선생께서 꺼내주신 것 같은데 맞지요?"

"그런 일이 있었지요, 그걸 보셨군요?"

"역시 그렇군요, 참 훌륭하십니다."

"아이구, 별 말씀을 다하십니다."

얼마 후 가마니를 둘둘말아 어깨에 메고 아이가 숨을 헐떡이며 뛰어왔다. 그리고는 시키지도 않았는데 가마니를 펴서 차 바퀴밑에 척척 까는것이다. 회장이라는 사람과, 김부장이 물끄러미 기막힌 듯 바라본다.

한두 번 해 본 솜씨가 아닌듯 했기 때문이다.

"자, 이제 출발해 봐요."

김부장은 시동을 걸고, 나머지 세 사람은 뒤에서 힘껏 밀어주니 한두 번 헛 바퀴가 돌더니, 드디어 구렁에서 빠져 나왔다.

"아이고, 성공입니다."

"정말 고맙습니다."

김부장도 운전석에서 나와 머리숙여 인사를 한다.

"너 몇 학년이지?"

"6학년 이에요."

"이름이 뭐야?"

"오상진입니다."

"아드님이 참으로 눈치 빠르고 영리하게 생겼습니다. 보나마나 상진이는 공부도 (엄지를 치켜 세우며) 이거지 그렇지?"

아버지와 아들은 그저 싱긋이 웃어 보인다.

"그렇게 봐주시니 고맙습니다."

회장이라는 사람은 지갑에서 5만 원짜리 두 장을 꺼내주며,

"정말 애쓰셨습니다. 적지만 받아주십시오."

"아이구, 이거 당치도 않습니다. 어여 가셔서 고기나 많이 잡으십시요."

"이러시면 오히려 제가 섭섭하지요. 어서 받으세요."

"저도 좋은 일 좀 하고 싶어야죠. 돈을 받으면 소용 없게 되잖습니까."

"정말 너무 하십니다. 그럼 상진아 너도 수고 많이 했으니까 이걸로 학용품도 사고. 너 쓰려무나."

"아이구, 회장님 아이들한테 이렇게 큰 돈을 주면 교육상 안됩니다. 주시려면. 한 2~3천 원만 주십시요. 그것만으 넉넉한거죠."

"허허. 이거 참 천원짜리가 없어서 그래요."

"우리 아빠 말씀이 맞는 것 같으니까, 그럼 만 원짜리 한 장만 주세요."

"허허, 이녀석 좀 보게, 그래 알았다."

하는 수 없이 회장이라는 사람은 다시 지갑을 꺼내 2만 원을 상진이 주머니에 넣어준다.

"이건 2만 원인데요?"

"이녀석아, 이 아저씨하고 나하고 두 사람이니까 2만 원이 맞지 그렇잖아?"

상진은 어떻게 하지요? 하는 뜻으로 아빠의 눈치를 살핀다.

"할 수 없구나 받으려무나."

상진은 냉큼 받으며 머리숙여 꾸벅 절하며,

"고맙습니다."

"상진아 받아주니 오히려 내가 고맙구나."

"어여 가셔서 월척 많이 잡아 가십시요."

"예, 그럼 안녕히 계십시요."

상진은 집으로 가다가 다른 길로 들어서며,

"아빠, 이 돈 내가 써도 되지요?"

"그야 너를 줬으니 네 돈이지. 그런데 어딜 가는

게냐? 밥 먹어야지."

"저는 먹었어요."

상진은 무엇이 그렇게도 바쁜지 뒤도 돌아보지 않고 잽싸게 어디론가 달려간다.

3 일 전이었다. 그림 그리기를 좋아하는 동생 상미가 크레용이 없어 사달라고 조르고 졸라도 돈이 없어 사주지 못하자, 상미가 얼마나 서럽게 울었던가 그걸 생각하면 지금도 마음이 아프다.

상진은 숨을 헐떡이며 문방구점에 들어섰다.

"상진이 왔구나, 이녀석아 숨 넘어 가겠다, 뭐 줄까?"

"24색 크레용하고, 도화지 20장 주세요."

물건을 사들고 문방구를 나왔으나, 상진은 마음 속 계산이 복잡하다. 남은 돈으로 습진에 좋다는 엄마 크림약을 사 드려야 하나 아니면, 상미가 그렇게도 갖고

싶어하는 보고 그릴 수 있는 예쁜 인형 그림책을 사줄까! 이러지도 저러지도 못하고 망설이다.

화장품 가게로 발길을 돌렸다.

이것저것 골라 봤으나 크림약이 비싸서 남은 돈으로는 살 수 없었다. 상진은 속이 좀 상했다.

조금 전 그 회장님이 주는 10만 원을 받았으면 이것저것 다 사고도 남을 텐데... 참으로 아쉽고 아쉬웠다. 그러나 생각지도 못한 2만 원 이라도 생겼으니 얼마나 다행한 일인가! 상진은 다시 문구점으로 가서 상미가 좋아하는 그림책을 샀다.

그리고는 미련없이 집으로 달려간다. 상미가 좋아하는 모습을 상상만 해도 즐겁다. 마침 상미가 집에 있었다. 사실은 상미 몰래 가방에 넣어 주려고 했는데 들켜 버리고 말았다.

"오빠, 뒤에 감춘 게 뭐야?"

"맞춰 봐, 그럼 너 줄게."

"으응, 알았다! 크레용?... 그림책?"

"우와! 쪽집게야. (쪽집게) 쪽집게."

"오빠, 진짜야?!"

물건을 건네주자 상미는 번개처럼 물건을 꺼내 본다. 그 순간 까무러칠 듯 감격하여 가슴에 안고 방방 뛰며 뱅뱅 돌며 어쩔 줄 몰라 한다.

"엄마, 엄마 이것 봐 오빠가 사줬어."

설거지를 마치고 방으로 들어온 엄마는 놀라며,

"아니, 상진아 돈이 어디서 나서 이런 걸 사왔니?"

"그런 일이 있었어요."

"그런 일이라니? 여보 당신은 알아요?"

"우리 상진이가 착한 일하고 받은 상금이오 상금."

상미는 기쁨에 못이겨 오빠를 꼭 끌어안고 연신 뽀뽀를 해댄다. 남매간에 이렇게 우애가 좋은 것을 보자 부모들은 그저 흐뭇하게 바라본다.

상미는 그림책을 한 장 한 장 넘겨 보다가,

"와아! 이거 넘 예뻐, 앙장 그려야지."

하면서 책상으로 가고, 엄마는 상진이가 너무도 대견하여 엉덩이를 투덕투덕 두들겨 준다.

그러나 상진이는 엄마 크림약을 사오지 못한 것이 엄마한테 미안하고 못내 아쉽다.

인연의 새싹

어느덧 무더운 여름도 가고 여기저기 코스모스가 피기 시작하는 가을이다. 감들이 주렁주렁 붉게 익어가고 논에는 누렇게 익은 벼들이 고개 숙이고, 메뚜기들이 후다닥 뛰고, 후루루 날아 다닌다.

도로 양쪽으로 피어 있는 코스모스가 바람이 불 때마다 살랑살랑 흔들리는 모습이, 양지마을의 평화로움을 말해주는 것 같다.

저 멀리서 검은 승용차가 점점 가까이 오더니, 멈추고 차창이 스르르 열리더니 운전자가 얼굴을 내 밀고 말한다.

"학생, 혹시 이 마을에 상준이라는 아이 알어?"

"상준이요? 상준이가 아니라, 상진이 아네요?"

"아, 맞다 상진이, 상진이 알아?"

"네, 나하고 제일 친한 친군데요!"

"그렇구나, 상진이네 집 좀 가르쳐 줄래?"

"왜 그러시는데요?"

"응, 상진이 아버지를 만나러 왔거든."

"지금 집에 가 봐야 아무도 없어요."

"그럼 상진이라도 만날 수 있을까?"

"상진이는 저하고 지금 만나기로 했는데요."

"오, 그래! 어디서?"

"저기 삼거리 보이지요? 거기서요."

"잘 됐다, 그럼 이 차 타고 같이 가자."

"아냐, 나 여기서 이 학생하고 같이 걸어갈 테니 자네 먼저 가게나."

그리하여 김부장은 먼저 떠나고 장회장과 아이는 나란히 둘이서 걸어간다.

"이름이 뭐지?"

"민수석입니다."

"민수석이라, 이름이 참 좋구나, 시험 봤다 하면 수석이잖아 그렇지?"

농담이지만 수석이는 기분이 좋아서 깔깔 웃는다.

"저는 보통이지만요, 수석은 항상 상진이예요, 걔는요, 어쩌다 그등이구요, 1학년 때부터 지금까지 항상 1등만 해요."

"그렇게 공부를 잘해?"

"그럼요 의리도 있구요, 그리고 아주 착해요."

"오, 그렇구나! 그런데 상진이네 부자니?"

이상하다 왜 그런 것을 묻지!? 솔직히 가난하다고 말하자니 상진이한테 미안하고, 그렇다고 부자라고 하자니 거짓말이고, 뭐라고 대답할까?!...

아저씨 같기도하고 또 할아버지 같기도하고, 어쨌든 참 좋으신 할아버지 같아서 상진이네 한테 좋은 일이 있으면 있지, 나쁜 일은 절대로 없을 것 같아서 사실대로 말하기로 했다.

"상진이네는 가난해요."

"논이나 밭이 조금밖에 없나 보지?"

"조금이라니요, 하나도 없어요."

그 말을 하고 수석이는 아차 싶었다. 괜히 쓸데없는 말을 한 것 같아서 불안해진다.

"그런데 할아버지, 지금 제가 한 말은 비밀로 해야돼요."

"걱정마라, 그런데 논도 밭도 없이 어떻게 사는 거야?"

점점 얘기가 이상한 곳으로 흘러가는 것 같아지자 은근이 겁도 나고 불안해지자, 대충 다른 말로 얼버무렸다.

"그래도 그냥 뭐... 잘 살아요."

그렇게 말하고도 뭔가가 멋쩍고 어색해서 다른 말로 화제를 돌려 버린다.

"상진이 개는요, 고장난 선풍기, 다리미 그런 것도 아주 잘 고쳐요."

"오 그래!? 재주가 많구나?"

"그럼요, 그래서 동네 어른들한테도 인기가 많아요."

그렇게 얘기를 다른 곳으로 돌리고 나니 마음이 조금은 편해졌다.

산들바람에 강가의 코스모스가 한들한들 춤을추고, 참새 들은 먹거리가 지천이라 정신없이 떼를지어 짹짹거리며 엄청 바쁘게 날아다닌다.

어느덧 두 사람은 삼거리에 도착했으나 상진이는 보이지 않는다.

"어, 상진이 아직 안 왔네!"

잠시 기다리니 우체국 쪽에서 상진이가 뛰어오는 모 습이 보인다. 점점 가까워지자 회장을 바라보더니 꾸벅 머리 숙여 인사한다.

"나를 알아 보겠니?"

"네 지난 여름 저기서···"

"오, 그래 그래, 기억력이 좋구나! 아버지, 어머니도 잘 계시고?"

"네."

"아버지는 지금 어디 계시지?"

"일하시는 곳이 여러 군데라서 어디 계신지 모르겠는데요."

"그렇겠구나, 그럼 언제 오실까?"

"해가 저물어야 오시는데요."

"그런데 너희들 웬 깡통을 들고있지?"

"에이, 할아버지! 이건 깡통이 아니라 추어통이에요 추어통이오."

"뭐. 추어통? 이녀석아, 추어탕이란 말은 들어봤어도, 추어통이란 말은 처음 듣는구나."

"야, 할아버지가 아니라 회장님이야!"

"아니다, 난 할아버지라고 부르는 게 더 좋은데."

"여기다 미꾸라지를 잡아서 담을 거니까 추어통이에요?"

"오오라, 그러니까 너희들 지금 미꾸라지 잡으러 가는 거구나, 그렇지?"

"네."

40

"김부장, 어쩐가 낚시보다 미꾸라지 잡는 게?"

"그거 좋지요, 모처럼 동심으로 돌아가서 말에요."

"얘들아, 우리도 같이 가면 안 될까?"

"네, 좋아요."

"고맙구나, 어디로 가는 건데?"

"저기 산이 보이지요? 그 산 아래 웅덩이로 가요."

"그래, 어서 가자, 자 차를 타거라."

"와! 신난다, 우리 이런 차 처음 이에요."

이렇게 넷이서 웅덩이를 향해 승용차는 달려가고 있었다.

"야, 상진아 버스는 덜컹덜컹 막 흔들리는데 이 차는 흔들리지도 안아 그치?"

"그래, 그런데도 엄청 빠르잖아."

"할아버지, 미꾸라지 잡아 보셨어요?"

"한 번도 못 해봤다."

"아주 재밌어요, 그냥 막 주워 담으면 돼요."

"그렇게 많아?"

"그럼요."

"회장님, 이거 오랜만에 중국산인지 국내산인지, 의심하지 않고 진짜 추어탕 먹어보게 생겼는데요."

"그러게 말일세."

그러는 사이에 어느덧 목적지에 가까워졌을 때 갑자기 생각난 듯 상진이가 소리친다.

"잇차! 아저씨, 여기서 차를 세워야해요."

"웅덩이는 저긴데 더 가야 되잖아?"

"안 되요, 길이 좁아져서 돌려 나오질 못해요."

"오, 그래! 너 아주 안내 전문가구나."

"그런건 아니구요, 작년에 어떤 차가 더 가까이 갔다가 아주 혼이 난 걸 봤거든요."

상진이 말대로 차를 세워놓고 걸어가 보니, 정말 길이 점점 좁아져 도저히 차를 돌려 나올 수 없는 길야다.

"야! 상진이 아니었으면 정말 큰일 날 뻔했는데."

웅덩이에 도착해 보니 농구장 서너 배 정도의 넓이에 물은 거의 빠지고 군데군데 땅이 조금씩 보이기도 한다.

아이들은 반바지라 그냥 들어가고, 어른들은 바지를 걷어 올리고 웅덩이로 들어갔다.

"와아, 흙이 아주 부으러운데요."

"앗싸, 한 마리 잡았다."

수석이가 소리친다.

"어어, 이게 뭐지?! 발바닥 밑에서 뭐가 꿈틀거려 얘들아, 이게 뭐니?"

"그게 미꾸라지니까 손으로 움켜 잡으세요."

그 말을 듣고 엎으려 손을 집어 넣더니 소리친다.

"어어, 잡았다!"

그런데 상진이는 별 말없이 고기 잡을 생각은 하지않고 풀과 흙을 섞어 둥그렇게 쌓고 물을 계속 퍼 내고 있는 것이다. 물을 어느 정도 다 퍼 내고 수풀 사이를 뒤지기 시작한다. 장회장이 이상히 여겨 힐끔힐끔 바라본다.

"상진아, 고기는 안 잡고 무얼 하고 있는거지?"

"이제 한 번 보세요."

상진이가 흙을 뒤집을 때마다, 살이 통통 오른 미꾸라지가 무더기로 꿈틀거리고 있는 것이야. 그 광경에 장회장은 놀라지 않을 수 없었다.

"이녀석, 너 정말 전문가로구나!"

그 광경을 목격한 장회장이나 김부장도 옷을 쌓으려고 수풀쪽으로 걸어간다. 그러자 상진이가 놀라져 소리친다.

"할아버지, 아저씨, 그쪽으로 가면 큰일나요, 거기는 수렁이라 한 번 빠지면 못 나와요, 반대쪽으로 가세요."

"어! 그래? 알았다. 고마워."

김부장은 겁먹은 듯 성큼성큼 자리를 옮긴다.

"할아버지, 빨리 이리와서 앉으세요."

"상진아, 그쪽하고 우리하고 누가 더 많이 잡나 시합하자."

"좋아."

상진과 장회장이 한 편이 되고, 수석이와 김부장이 한 편이 되어 열심히 잡기 시작한다.

허허허 하하깔깔 즐거운 웃음 소리가 들녘으로 퍼져 나간다. 이렇게 즐거운 시간이 얼마나 흘렀을까, 가을이라 그런지 낮이 짧아 어느덧 해는 서산으로 기울어지고 있다.

"얘들아, 이만하면 많이 잡았으니 그만하면 어떻겠어? 곧 어두워 지겠다."

"네, 상진아, 너네 얼마나 잡았니?"

잡은 고기를 비교해 보니 비슷비슷해 보였다. 그러나 상진과 수석이는 서로가 자기네 것이 더 많다고 우겨댄다. 진심이 아니라 웃으며 장난기가 섞여 있기에 오히려 정겨운 장면이다.

"얘들아, 공동우승이다, 이제 그만 가자."

"그런데, 손 발은 어디서 씻지?"

"조금만 더 가면 깨끗한 도랑물이 있어요."

역시 조금 더 걸어가니 깨끗한 도랑물이 졸졸 흐르고 있었다. 그곳에서 모두들 씻고, 차를 타고 삼거리에 도착했다.

"너희들 배고프지? 뭐 먹고 싶은지 말해 봐."

그 말을 듣자 아이들은 금세 눈이 커지고 입은 벌어진다.

"저는 짜장면이요."

"그래, 어느 집이 맛있는지 너희들이 안내해라."

"상진아, 북경루 그 집이 제일 맛있지 않니?"

"응 그 집이 최고야."

"그럼 그 집으로 가자 어디지?"

"앞으로 쭈욱(죽) 가면 우체국이 있는데 거기서 오른쪽으로 가면 북경루라는 중국집이 보여요."

아이들은 짜장면, 어른들은 짬뽕을 시키고 탕수육도 두 그릇이나 시켰다. 그야말로 아이들은 게눈 감추듯 후루룩 씹지도 않고 삼키는지, 한 그릇을 금세 비워버리고 탕수육도 금세 밑바닥이 드러났다.

"할아버지, 잘 먹었습니다.

"그래, 잘 했다."

그리고 나서 장회장은 아이들을 데리고 피자집으로 가서 제일 큰 것으로 두 개(판) 사서, 하나는 수석이를 주며 집에 가서 가족들과 같이 먹으라고 주신다.

수석이는 이게 어찌된 일인지 모르겠다는 듯 어리둥절할 뿐이다.

"할아버지! 고맙습니다, 안녕히 가세요."

"수석아, 미꾸라지 가져 가야지!"

김부장이 트렁크를 열고 미꾸라지 깡통을 꺼내준다. 수석이는 피자와 깡통을 들고 신이 나서 뛰어갔다.

"상진아, 아버지께서 집에 오셨을까?"

"어쩌면 오셨을 거예요."

"그래, 어서 가자, 집이 어디지?"

"아저씨, 저기 약국이 보이지요? 거기서 왼쪽으로 가면 붉은 벽돌집 옆에 파란 대문이 있는데 바로 그 집이에요."

"그래, 알았다."

잠시 후 파란 대문 앞에서 차가 멈추자, 상진은 피자를 들고 집으로 들어가며 엄마를 부르니 엄마가 마당으로 나온다.

"아빠는요?"

"방에 계셔."

"아빠, 서울 회장님 오셨어요."

"서울 회장님?"

"지난 여름에 그 있잖아요, 차가…."

"오오, 그래. 그런데 여긴 왜 오셨다냐?"

"빨리 나와 보세요…."

"아이구, 회장님 어서 들어오십시오."

"이거 연락도 없이 갑자기 죄송합니다."

"빨 말씀이십니다. 어서 들어가시지요."

상진 아빠 오윤만과 장회장은 방으로 들어가고 김부장은 사과 한 상자를 들고 들어오며,

"이거 어디에 놓을까요?"

"아니, 이게 뭐예요?"

"예, 사과입니다."

김부장은 마루에 놓고 다시 밖으로 나가더니 굴한 상자를 또 들고 온다.

"어머나, 세상에! 웬걸 이렇게나 많이…. 방으로

들어가시지요."

"아닙니다."

김부장은 밖으로 나가더니 미꾸라지 깡통을 꺼내
상진이를 주자, 상진이는 도로 김부장에게 주며,

"이건 할아버지 드리세요."

"저기 차 안에 또 있잖아."

"그건 아저씨 가져 가셔야죠."

"넌 어쩌구?"

"나는 내일 또 잡으면 되잖아요."

어린 아이지만 자기의 생각과 주장이 너무도 확실
하고 완강하여, 김부장은 하는 수 없이 깡통을 받아
차 트렁크 속에 다시 넣었다.

"그래 고맙다, 상진아."

한 편 방에서는 무슨 얘기들을 하시는지 장회장과
오춘만의 웃음 소리가 퍽이나 다정하여 듣기가 좋았다.

"지난 여름에 도와주신 일이 두고두고 고마워 낚시도
할 겸 이렇게 또 왔습니다."

"아이구, 회장님도 그런 작은일 가지고 뭘 이러십니
까, 그래 고기는 많이 잡으시구요?"

"웬걸요, 상진이 녀석하고 미꾸라지를 잡았지요."

"미꾸라지요? 하하, 그래 좀 잡으셨나요?"

"상진이 덕분에 제법 많이 잡았지요."

"그녀석이 글쎄, 고기는 비싸서 못 먹으니까 물고기라도 잘 잡수셔야 한다며, 가끔 잘 잡아오지요."

"어쩐지 잡는 방법부터 다르다 했지요. 그리고 나이에 비해서 행동이나 말이 어른스럽구요."

장회장은 주고받는 대화에 충실 하면서도 오준만이 눈치 채지 못하게 슬쩍슬쩍 방 안을 둘러 보았다.

벽은 울퉁불퉁하고 도배는 언제 했는지 벽지는 많이 낡아 있었다. 또한 살림살이라고 해 봐야 몇 가지 없어 단출하다.

장롱은 두 짝인데 색깔이 다르고, 높이도 다른 것으로 보아 누가 쓰던 것을 얻어오지 않았나 하는 생각이 든다. 아무튼 궁색하고 누추한 감이 그대로 느껴지는 그런 방이었다.

"이거, 시간이 꽤 되었군요, 이제 이만 가 보겠습니다."

"아니, 이게 무슨 말씀이세요, 저녁 잡수시고 가셔야지요 술이라도 한 잔 드시구요."

"저녁은 상진이랑 식당에서 먹었습니다."

"아니, 내 집을 두고 왠 식당에서 잡수세요?"

"아니, 왜 나오세요? 지금 저녁이랑 술상 차리고 있는데요, 어서 들어가세요."

"죄송합니다. 시간이 없어서 올라가야 합니다."

"아이구, 이를 어쩌나…."

"아무튼 의논할 일이 있으시면 언제라도 좋으니 꼭 연락하십시요."

"예, 예 그렇게 하겠습니다."

서로 아쉬운 마음으로 인사를 나누고 장회장은 떠났다.

"여보, 이 사과 좀 봐요, 세상에 이렇게 크고 빛깔 좋은 사과는 내 생전 처음 봐요."

"정말 좋구먼."

상진 엄마 양씨는 이것저것 만져보고, 귤 상자도 열어 보고 피자 뚜껑도 열어본다.

그때 마침 상미가 들어오며 피자를 보자 눈이 휘둥그레지며 입을 딱 벌리며 피자에 손이 가자,

"그럼 못써, 아빠 보여 드리고 먹어야지."

상미는 아차, 싶어 손을 치운다.

한편 방으로 들어온 상진은 책상 위에 놓여 있는 한 장의 명함을 유심히 살펴본다.

「世一物産」그 옆에는 smart, white shirt, 그 아랫줄에는 전화번호, 그 아랫줄에는 주소가 적혀 있었다. 상진은 공책을 꺼내 그대로 적어둔다.

학교가서 선생님께 한자와, 영자를 가르쳐 달라고 할 생각이다.

하늘도 무심하시지

아침부터 상미는 징징짜며 울고있다. 학교 갈 생각도 하지 않는다.

"너 정말 학교 안 갈 거야?"

"안 가 안 간단말야."

그도 그럴 것이 상미의 신발을 보면 누구라도 마음이 아플 것이다. 운동화 옆구리가 터져 실밥이 너덜거리고 바닥도 다 해져 물이 올라와 양말이 젖는 형편이니, 창피해서 밖에 나가지도 않으려 드는 것이다.

"상미야, 오늘만 신고 가 내일은 꼭 사줄게 응?"

겨우 달래서 학교로 보내고 나니, 엄마는 한숨만 새어 나온다. 상진이도 마찬가지야. 그러나 자기 신발보다는 엄마의 감기 몸살이 더 걱정인데 약도 안 드신다. 그래서 상진이는 말 한 마디 없이 그냥 매일 신고 다닌다.

엄마는 참고 참았지만, 다시 한 번 사정해 볼 수 밖에 없었다.

"마님, 한 3만원 만 해주셔야 하겠습니다."

"아니, 요 얼마 전에도 3만 원 해줬는데 또 돈 타령인가?"

"아이들 신발이 다 해져서 신발 좀 사 주려고요 그리고, 저도 몸살이 나서 약도 지어야 겠구요."

"난 없네 곳(주인) 영감한테 말해 보든지."

양씨는 죽을만큼 내키지 않았으나 어떻게 할 수 없어 주인님께 사정할 수밖에 없는 노릇이었다.

"저 - 주인님, 어려우시겠지만 3만 원만 해주십시오, 아이들 신발이 다 해져서 ‥‥."

목구멍으로 기어 들어가는 모기만 한 목소리로 겨우 말했지만 주인 마달수가 댓뜸 하는 말이,

"양씨 아줌니, 참 멱우 하슈, 곡식을 내다 팔아야 돈이 있든지 말든지 하지, 요즘 무슨 돈이 있어요?"

기가 막혔다. 거절도 거절나름인데, 인정거리라고는 씨알 만큼도 없는 비정한 말투였다.

그러나 어쩔 것인가, 이번에는 남편에게 말할 수밖에 없었다.

"여보, 당신이 좀 말해 봐요, 날 여자라고 무시해

서 그런지 원 기가 막혀…."

남편 오준만은 이렇다 저렇다 한 마디 말도 없이 밖으로 나가 친구 민정기에게 갔다.

각종 짐을 실어 나르는 화물 자동차를 운전하는 제일 친한 친구다.

"마침 집에 있었구만."

"어서 와, 지금 막 들어왔어, 술 한 잔 할까?"

"아냐 생각 없네."

"무슨 일 있어? 안색이 안 좋은데!"

"아냐, 아무 일도 없어."

"말해 봐 무슨 일이야?"

"한 5만 원만 빌려주게."

민정기는 지체없이 지갑에서 5만 원을 꺼내 준다.

오준만은 받아 넣고, 명함을 꺼내 민정기에게 보여주며

"이게 무슨 회사야?"

"여기 써있네, 세일물산, 스마트 와이셔츠, 회장 장순덕 이라고."

"요즘은 영자로 쓴 것이 유행이니…."

"이 회사 꽤 이름 있는 회사야."

"그렇게 유명한 회사야?"

"그럼! 와이셔츠 입는 사람들은 다 알 걸 나도 몇 개(벌) 있어."

"나야 뭐 와이셔츠 입을 일이 없으니……."

"그런데 이 명함을 어떻게 자네가 갖고 있어?"

"응, 지난 여름에 진흙탕에 빠진 차를 꺼내주었더니 고맙다고 이걸 주더라고."

"아주 좋은 인연이구만, 그래서 전화 한 번 해 봤어?"

"무슨 전화할 일이 있어야지."

"저녁 먹고 가."

"아냐, 가봐야 해."

오준만은 신발가게로 가서 상진, 상미 신발을 사고 공장 약국에 들러 감기약을 지어, 집으로 돌아왔는데 상미는 또 징징 짜며 울고 있는 것이다.

"상미야, 아빠가 예쁜 운동화 사왔다."

아빠 목소리가 들리자 울음 소리는 그쳤지만 울던 끝이라, 우는 얼굴인지 웃는 얼굴인지 묘한 표정으로 멋쩍게 상자를 열어 운동화를 신어 본다.

그러더니, 앞을 보고, 옆을 보고, 뒤를 보고 양쪽을 번갈아 보고, 두 발을 한데 모아 보고 또 본다.

"어쩌냐 맘에 들어?"

"네! 너무 예뻐요."

그제서야 웃는 얼굴이 확실했다.

"상진이는?"

"네, 맘에 꼭 들어요, 고맙습니다."

오춘만은 남매를 흐뭇하게 바라보더니 사랑스러운 작은 미소를 짓고, 그제야 약봉지를 꺼내 양씨에게 주며,

"상미야, 엄마 물 좀 갖다 드려라."

심부름은 상미에게 시켰는데, 상진이가 벌떡 일어나 물을 가져와 엄마에게 드린다.

"요만한 감기에 무슨 약을 먹어요!"

"어제 밤에도 끙끙 앓던데 고집 부리지 말고 어서 먹어요."

약 먹는 것을 보자, 그제서야 가족들은 안심이 되는 듯한 분위기였다.

세월은 흐르는 물과 같다더니, 어느새 상미가 6학

년이 되고, 상진이는 중학교 3학년이 되었다.

몸뚱이가 열이라도 모자라 고양이 손이라도 빌리고 싶다는, 일 년중 가장 바쁜 가을이다.

할 일은 태산 같은데 오준만의 마음은 걱정이 태산이다. 몸이 천 근 만 근 무겁고, 열은 불덩이같이 뜨겁고, 허리, 팔, 다리, 아프지 않은 곳이 없다.

약을 먹어도 소용없고 주사도 맞았는데 소용없다.

끼니도 거르고 물과 멀건 죽만 조금씩 먹을 뿐이다. 부인 양씨는 수건을 이마에 얹어주고 있는데 밖에서 불만이 가득 찬 마달수 목소리가 들려온다.

"오서방 있는가?"

"예, 어서 오세요."

몸이 좀 어떠냐고, 약은 먹었냐고, 인삿말 오거녕 보자마자 불만이 가득 찬 음성으로 지껄인다.

"이거 봐, 오서방! 해가 중천인데 오늘도 이렇게 누워만 있을 건가?"

"……."

"그리고 아줌니는 왜 이렇게 같이 있는 거요?"

"보시다시피 몸은 불덩이고…"

"광우에미 혼자서 빨래하랴, 밥하랴 혼자서 죽을 지경인데…."

"끼니조차 못 먹고 토하면서 헛소리도 하는데…."

"이것 봐요, 누군들 그까짓 감기 안 걸리고 산답디까?"

"보통 감기하고는 달라요."

"그까짓 감기 가지고 이렇게 일도 안 하면 대체 어쩌자는 거요? 요 며칠 전에 3만 원 안 줬다고 골탕 먹이는 거요?"

"세상에, 무슨 말씀을 그리 하십니까?"

"어제도 빈둥빈둥 하다가 그냥 들어갔으면, 오늘부터는 일을 해야 할 거 아냐?"

"예, 죄송합니다."

"그러면서 툭하면 돈타령이나 하구, 이달에 얼마나 갖다 썼는지 아슈? 30만 원이나 가져갔어요. 30만 원이나."

오준만이나 양씨는 정말 기가 막혔다. 이런 상황에서는 도대체 어떻게 대처해야 할지 그저 말문이 막히고, 가슴 속에서 끓어 오르는 울분을 어찌 해야 할지 아픈 사람 위로는 못할 망정 이럴 수가 있는가….

"오서방, 어찌할 건가? 내 집에서 일을 할 건가 안 할 건가?"

"면목 없구만유, 내일부터는 해 봐야지요."

"여보, 그 몸으로 무슨 일을 한다고 그래요?"

"뭐요? 그럼 아줌니가 사람이라도 사서 일 시키겠수? 콩 베어서 털어야 하고, 깨, 수수, 또 뭐냐, 벼도 다 베지 못했는데 탈곡도 해야 하고 말려야 하고, 고추도 저렇게 놔두면 다 버릴 텐데 어쩌자는 거요? 농사 다 망칠 셈이오?"

그때였다. 윗방에서 누가 서럽게 우는 소리가 들려온다. 그러자 마달녀는 눈을 치켜뜨고 그 쪽을 바라보며 소리친다.

"저녀석 상진이 놈 아냐?…. 그리고 생각난 김에 말해 두겠네만, 상진이 저놈이 내년에 고등학교 가면 돈타령이나 꽤 할 텐데, 나는 더 이상 책임 못 지겠으니, 당신네들 알아서 하구랴, 사람이 올라가지 못할 나무는 쳐다보지도 말라는 말도 있는데, 자기들 처지를 알아야지…."

그렇게 말해 놓고 좀 심한 말이 아닌가 싶었던지 헛기침을 하며, 멋쩍어 하는데, 양씨가 서랍에서 공책을 꺼내 보이더니 이렇게 말한다.

"아까 주인님께서 이 달에 30만 원을 썼다고 하시는데 25일 동안에 24만 원 가져왔어요."

"그래서 어쩌자는 거요?"

"말씀 드리기 어려우나 이제는 한 달에 얼마씩 정해 주셨으면 합니아. 그래야 저희도 안절부절 하지 않고 그 돈에 맞춰살고…."

"흥! 이제야 속셈을 알겠소, 그러니까 월급을 올려달라 이거요?"

"주인님, 그런 것이 아니라…."

"얼마를 주리까, 백만 원? 이백만 원?"

"아이구, 그렇게 큰 돈을 당치도 않구요…."

"내 이런 말은 공치사 같아서 안 하려구 했는데, 당신네들 옛날 생각을 하면 나한테 이럴 수는 없는 거요. 오서방이 16살 때, 오고 갈 곳도 없는 처지에 내 집에서 살게 해 주고, 아줌니 만나서 장가들고 집까지 지어 주어 살림 차려주고, 애들까지 낳아서 지금

까지 공부시켜 주지 않았소? 그 세월이 어느새 30년
이오, 그런데 나한테 이럴 수가 있는 거여?"

집을 지어 주었다고 하는데, 사실은 쓰러져가는 허
름한 헛간을 대충 개조하여 방을 만든 탓에, 아궁이에
불은 잘 들이지 않아 방은 냉골이고, 겨울이면 방에 있
는 걸레도 꽁꽁 얼어붙고, 거기다 외풍도 심해서 입김이
허옇게 서리는 그런 방이었다.

더우기 상진이가 쓰는 건넌방에는 가끔 쥐도 다니는
그런 방인데도 집을 지어 주었다고 생색을 내고 있는
것이다. 또한 살림살이라고 해야 솥단지 두어 개, 그릇
몇개 말고는 모두 자기네들이 쓰던 것을 주고 자기네
는 새것으로 장만하고서도 살림살이를 차려줬다고
하는 것이다.

"예, 주인님 그 은혜에 감사 하지요, 그래서 저희 부부
는 혼신을 다해 일해 왔습니다. 주인님 댁 여섯 식구 우
리 네식구 모두 열명의 밥을 짓고 빨래하고, 집안 청
소하고, 때때로 밭에 나가 일도하고, 정말이지 쉴 틈
없이 일해 왔어요. 상진 아빠도 마찬가지죠, 논 2.3마지
기, 밭 4,500평, 혼자서 농사 지어 왔지 않습니까? 가끔

일꾼을 사서 한 적도 있습니다 만…."

"그래서 어쩌자는 거요? 그래서 더 이상 일 못하 겠다 이거여?"

"그런 것이 아니구요…."

"여보 고만해요, 당신 왜 그래요?"

오춘만이 일어 나려다 허리가 삐끗하여 신음 소리 를 내며 도로 눕는다.

"아무튼 당신을 맘대로 하고, 애들 공부 어쩌구 저쩌구 하면서 돈타령은 하지 마슈."

그때였다, 건넌방에서 상진이가 튀어 나와 울면 서 말한다.

"아저씨, 나 고등학교 안 갈 거니까 걱정하지 말아요."

"뭐라!? 이놈 보게나, 너 시방 뭐라고 했냐?"

"고등학교 안 갈 거니까 걱정하지 말라구요."

"요 요, 버르장머리 없는 놈 좀 보게."

생각지도 못한 상진이의 그 말에 당황하고 놀라기 는 오춘만도 마찬가지였다.

상진이는 울분을 참지 못하고 다시 이렇게 말 한다.

"아빠, 이제는 이 집에서 일 하지 말아요, 아빠가 무슨 죄인이야? 그리고 머슴의 자식이란 소리도 듣기 싫단 말야. 이제는 다른 일을 하거나, 아니면 다른 사람 집 일해도 되잖아!"

상진이는 울면서, 울면서 밖으로 뛰쳐 나가며 문을 쾅 닫고 나갔다.

꿈인가 생시인가

세알물산 장눈덕 회장은 무슨 깊은 생각에 잠겨 창밖을 하염없이 바라보고 있다.

몇 번을 노크해도 응답이 없어, 총무부 김부장이 그냥 들어왔다.

"회장넘, … 회장님….."

"오, 김부장 언제 들어왔는가?"

"예, 지금 마악… 그런데 회장님 무슨 일 있습니까?"

"아냐, 일은 무슨 일…. 그런데 뭔 일인가?"

정말 이상한 일이다. 결재 서류를 갖고 왔는데도 뭔 일이냐고 물으시니….

"예, 결재 서류와, 보고 드릴 말씀이 있어서요."

"오, 그래! 부산 대리점에서는 빠구서 왔는가?"

"예, 흰색 와이셔츠 200 하늘색 150, 분홍색 100 총 450 개 받았습니다."

"대전은?"

"대전은 당분간 어렵게 되었습니다. 신광 와이

64

서초에서 20% 세일을 한 달째 하고 있답니다."

"아니, 한 달씩이나?"

"예, 우리도 해야 할까요?"

"생각해 보세, 원단 확보는 됐겠지?"

"예, 옥스포드지 20 필, 살크 30 필, 어제 입고 시켰습니다."

"아직 발주서가 없는 각 대리점 잘 살펴보고 왜 그런지 영업부하고 잘 분석해 봐요, 그리고 대전에 한 번 내려가서 위로도 할 겸 다녀오면 어떨까? 허사장 맥주 좋아 한다면서?"

"예, 알겠습니다."

김부장은 나가려다 다시 돌아서서 묻는다.

"회장님! 요즘 무슨 일이 있으신지요?"

"아무 일 없는데, 왜 내가 이상한가?"

"조금 전 세번이나 노크를 했는데도 응답이 없으셔서, 그냥 들어와 회장님을 불렀는데도 전혀 반응이 없으셨어요."

"오, 내가 그랬나?"

장회장은 무엇인가 말을 할 듯 말 듯 망설이다 이

으고 말을 꺼낸다.

"김부장, 잠깐 거기 좀 앉게."

김부장은 궁금하던 차에 반갑기도 하지만 의아한 표정으로 다시 앉았다.

"사실은 내가 요즘 고민이 하나 생겼는데···"

잠시 뜸을 들이고 나서 곰곰히 생각하다 다시 말을 잇는다.

"김부장은 오준만 씨를 어떻게 생각하나?"

"오준만-씨요?"

"양지마을 상진이 아버지 말일세."

"아, 네에 그 분 참으로 진실하고, 훌륭하신 인격을 갖춘 분이라고 생각 됩니다."

"그렇지, 역시 김부장도 사람 보는 눈이 예리해, 사실 나는 그 사람을 보는 순간 약간의 적지 않은 충격을 받았다네."

"충격을 받으시다니요?"

그때였다. 여직원 송대리의 목소리가 들려왔다.

"회장님, 대전 최사장님 전화입니다.

"아, 최사장님 오랜만 입니다. 요즘 어려움을 겪고

었다고요?"

"죄송합니다. 거래 실적이 저조해서…."

"아닙니다. 장사가 원래 그렇잖아요, 좋을 때도 있고 좀 안 될 때도 있고…."

"이해해 주셔서 감사합니다."

"안 그래도 조금 전에, 김부장하고 얘기 했습니다만 이 번 주말쯤, 김부장이 한 번 내려 갈 겁니다. 위로 좀 해드리라고…."

"예예, 감사합니다."

대전 대리점 최사장과의 전화 통화가 끝나자 다시 무슨 생각에 사로잡힌 듯 한참을 가만히 앉아 있다.

김부장은 오준만을 만나자 충격을 받았다는 장회장의 이야기가 궁금하여 기다리는데….

"아, 김부장 우리 다음에 이야기하세…."

"예, 알겠습니다."

김부장이 나가고도 한참을 멍하니 서웠다가, 일손이 잡히지 않는지 창가를 서성이며 또 무엇인가 생각에 잠긴다. 양지마을 오준만을 알고 난 후부터는, 꿈도 피워보지도 못하고 16 살 어린 나이에 죽은 동생이

요즘 들어 자꾸만 더 생각이 나는 것이다.

동생 영덕이가 살아 있다면 오춘만과 같은 나이인데 오춘만은 아직도 그 나이에 남의 집 머슴살이를 하고 있다니…. 그냥 저렇게 살게 내버려둘 수 없다는 책임감 같은 생각이 드는 것이다.

정말이지 내 자신이 생각해도 모를 일이다.

도대체 그 오춘만과 내가 무슨 상관이길래 이토록 자꾸만 생각이 나는 것일까?…

그때 문을 두드리는 노크 소리가 들린다.

"들어와요."

"회장님, 어떤 학생이 회장님을 찾는데 우는 것 같아요."

장회장은 직감적으로 상진이가 아닐까? 하는 생각이 들어 수화기를 집어 들었다.

"여보세요!… 여보세요…."

"……."

수화기에서 모기 소리만큼 우는 소리가 들려온다.

"너 상진이지? 상진아, 무슨 일이냐?"

"할아버지, 우리 아빠 좀 살려주세요."

"그래, 어서 말해봐 무슨 일이냐?"

"아빠가 쓰러져서 지금 병원에 계셔요."

"어느 병원이냐?"

"삼거리에서 오른쪽으로 가면 우체국이 있는데, 그 맞은편에 서울의원에 계셔요."

"그래, 알았다. 내 곧 가마."

장회장은 여직원을 불러 한 기사에게 차를 대기시켜 놓으라 지시하고, 서류를 대충 정리하고 겉옷을 입고 곧장 양지 마을로 향했다.

다행히 평소보다 도로에 차가 별로 없어 비교적 빠르게 서울의원에 도착했다.

병실에 들어서자 오춘만은 수척한 모습에 링게르 주사를 맞으며 자고 있었다.

"어머, 회장님 어떻게 알고 오셨어요?"

"좀 어떻습니까?"

"다행이도 무슨 큰 병은 없답니다."

그때 마침 의사와 간호사가 들어왔다.

"수고 하십니다. 상태가 어떻습니까?"

"걱정하지 마십시오, 너무 과로해서 생긴 것이니까.

다만 혈액이 좀 모자라고, 영양실조가 좀 걱정인데 잘 먹고 충분히 쉬면 괜찮을 겁니다. 특별히 등푸른 생선과 철분이 많이 든 피조개 같은 것 그리고 육류도 좀 해주면 좋겠습니다."

"예, 잘 알겠습니다."

"그럼 이 링게르가 끝나면 퇴원해도 좋습니다."

"예, 감사합니다."

잠시 후에 잠에서 깨어 장회장을 바라보는 순간, 뜻밖의 일이라 놀라면서도 믿기지 않는 듯한 표정이다.

"아니! 어떻게 회장님이 여길…?"

"이만하길 다행이요."

오준만이 일어나려고 하자, 장회장이 그냥 누워 있으라고 극구 말린다. 어느덧 링게르 주사도 끝이 나자 간호사가 뒤처리를 한다.

장회장은 치료비를 계산하고, 장회장 승용차로 집으로 향했다. 오준만이나 부인 양씨는 정말이지 꿈에도 생각 못할 일이다. 장회장이 어떻게 알고 여길 왔으며, 또한 적극적으로 이렇게 돕고 있는 것일까?"

이 모든 것이 꿈인지 현실인지, 분간하기 어려웠다.

"회장님, 우린 말로 어떻게 감사 드려야 할지 모르겠습니다."

"내가 힘껏 도울 테니, 아무 걱정 말고 빨리 회복할 생각만 해요."

오춘만은 오춘만 대로, 부인 양씨는 양씨 대로, 장회장은 장회장 대로, 각자 이런저런 생각에 잠겨 있을 뿐 별 말 없이 어느덧 집에 도착하였다.

차 소리가 나자, 상진, 상미가 뛰쳐나와, 장회장을 보자 고개숙여 꾸벅 인사한다.

"제가 시간이 바빠서 긴 이야기는 나중에 하고, 우선 하고 싶은 말은, 몸이 회복되는 대로, 이제는 농사일 그만두고, 서울로 이사 했으면 합니다.

언제까지 이렇게 사실 겁니까? 아이들 생각해서라도 서울로 가십시다. 우리 회사에서 일하겠다면 하고 그것이 싫으면 다른 일 얼마든지 소개해 드릴 테니 아무 걱정 마시고 서울로 가셨으면 합니다."

오춘만 가족들은 지금 이렇게 도와주는 자체도 믿기 어려운데 이제는 상상도 못할 농삿일도 그만두고 아예 서울로 이사를 가자니, 점점 더 이것이 꿈인지 생시인지 어안이 벙벙할 뿐이다.

"서울로 이사를요?"

"갑작스런 일이라 놀라시겠지만, 충분히 시간 드릴 테니 잘 생각하시고, 결정되는 대로 연락하세요. 아셨지요?"

"예, 생각해 보겠습니다."

"그리고 상진아, 너 할아버지하고 약속 좀 해야겠다. 아버지가 일하러 나가시면 절대로 못 하게 하고 그래도 일 하시면 그 즉시 할아버지한테 전화해라 알았지?"

"네!"

장회장의 그 말이 끝나기가 무섭게 상진이는 신이 나서 대답했다.

장회장은 봉투 하나를 상진 엄마한테 내밀며 말한다.

"아끼지 마시고 음식 골고루 잘 해 주세요."

봉투를 선뜻 받지 않자 장회장은 방 바닥에 내려놓고 밖으로 나갔다.

차가 멀리 떠나는 것을 보고 방에 들어와 봉투를

열어보니 50만 원이 들어있다.

양씨는 입이 벌어지고 믿기지 않아, 다시 한 번 또 세어 봐도 역시 50만 원이 틀림 없었다.

한편 남편 간호 때문에 양씨의 손길이 미치지 못하니, 주인 마덕수 집에는 한숨 소리가 절로 나온다.

부엌 살림살이도 엉망진창이고, 빨랫거리도 엄청 쌓이고 집안 청소도 하지 않아서 어지럽고 지저분하다. 더우기 마덕수는 열불이 나다 못해 천불이 날 지경이다. 일 년중 가장 바쁜 이 가을철에 일꾼을 사자니 모두가 자기네 일이 바빠 못 온다 하고 거기다 동네에서 워낙 인심을 잃어 마덕수네 일은 아무도 하지 않으려 하는 것이다.

하는 수 없어 타지에서 품삯을 두 배로 주어도 구하기 힘들고, 구했어도 일을 제대로 하지 못해 이래저래 천불이 나 억장이 무너지는 것 같았다.

결국 그 불똥은 고스란히 오준만에게 떨어지는 것이다. 마덕수는 오준만과 담판을 낼 요량으로 찾아왔는데‥‥. 어럽쇼! 이게 무슨 일이람?‥‥.

고기국 끓이는 냄새가 코를 찌르는 것이 아닌가!··· 그러자니 또 천불이 나는 것이다.

'흥, 이것들 봐라'

"오서방! 자네 정말 이럴 건가? 벌써 며칠잰가? 닷새째야, 닷새째 자네 분명히 말 하게 일 할 건가, 안 할 건가 봐 주는 것도 하루 이틀이지···."

"주인님, 안 할 리가 있겠습니까"

"보아하니 요즈음 그 시커먼 자가용이 드나들더니 팔자라도 고친 겐가?"

"아, 아닙니다. 내일부터는 일하겠습니다."

"지금 그 말 틀림 없는가?"

"예예, 여부가 있겠습니까."

"알겠네 그럼 그렇게 알고 나 가겠네."

이튿날 오춘만은 지게에 낫을 얹고 나가려 하자 부인이 보고 깜짝 놀란다.

"여보! 당신 시방 정신이 있어요, 없어요? 그 몸으로 어떻게 일을 한다고 그래요?"

그러나 오춘만은 들은 척도 하지 않고 지게를 지고 나간다.

"상진아, 상진아 아버지 일 하러 나가신단다."

"아빠! 안 돼요, 제발 이러지 마세요 네?"

"걱정마라 쉬엄쉬엄 할 테니까."

"여보, 제발 이러지 마세요."

"이사람아, 입장을 바꿔놓고 생각해 봐요."

"아빠 그러다 또 쓰러지면 어쩌려고 그래요 아빠!"

"걱정마라 하는 척이라도 하다가 바로 들어올 테니."

오춘만은 기어이 지게를 지고 밖으로 나가는 것이다.

그러자 상진이는 공중전화로 달려가 장회장한테 전화를 건다.

"할아버지, 아빠가 기어이 일하러 나가셨어요."

"말리지 그랬냐."

"엄마하고 아무리 말려도 소용없어요."

"그래 알았다. 오늘은 안 되고 내일 오후에 내려가마."

아닌게 아니라 오춘만은 견디다 못해 얼마 후에 집으로 돌아왔다. 부인 양씨는 이것저것 정성껏 음식을 만들고 있다. 그동안 제대로 먹지도 못하고 그저 일밖에 모르니, 체력은 떨어지고 결국엔 영양 실조까지 되었다니 안타까워 눈물이 난다. 부엌에서는 닭곰탕이 끓어 김이 퐁퐁 솟아 오르고 구수한 냄새는 코를 찌른다.

식구들이 둘러 앉아 모처럼 제대로 저녁을 맛있게 먹어, 장회장 덕분에 행복한 식사를 즐길 수 있었다.

이튿 날 장회장이 또 찾아왔다. 상진은 알고 있기에 놀라지 않았지만 나머지 가족들은 또 한 번 놀라지 않을 수 없었다.

"아이쿠, 회장님 어서 오세요."

"좀 어떠시오."

"예, 회장님 덕분에 많이 좋아졌습니다."

"다행입니다. 그러나 절대로 일하시면 안됩니다. 그러다 또 쓰러지면, 그땐 호미로 막을거 가래로 막아야 하는 바보 같은 짓이니까, 이제는 일하지 말고 내 말대로 이 달 말쯤 서울로 갑시다. 모든 준비는 다 되어있으니까 그렇게 하십시다. 이러다 정말 큰일 나기전에…."

"아이쿠 회장님, 이 달 말쯤이라니요! 지금 때가 어느 때입니까, 할 일이 태산같은 가을인데 다 팽개치고 간다는 것은…."

"그러다 또 쓰러지면 어쩔테요?"

"정말 조심해서 하겠습니다. 가더라도 내년이면 모를까…, 그러니 회장님 시간을 좀 주십시오."

"여보 잘 생각해 봐요, 월급 한 번 제대로 받은 적 있어요? 이 눈치 저 눈치 보면서 2만 원만 주세요, 3만 원만 주세요, 그것도 두세 번 말해야 주니,

언제까지 이렇게 살 건가요?"

"여보!"

오춘만의 힘이 실린 말에 양씨는 말을 끊자 모두 잠시 동안 어색한 강이 돈다.

"회장님, 아무리 생각해 봐도 가을걷이는 끝내주고 가는 것이 도리일 것 같습니다."

장회장도 충분히 이해할 수 있는 입장이어서, 더 이상 강제로 할 수 없는 일이기에 잠시 할 말을 잃었다.

"회장님 이렇게하면 어떨까요? 올 농사는 완전히 끝내주고 11월 말이나, 12월 초쯤 떠나는 것으로…."

"참으로 복받을 사람이요, 이렇게 생각을 끝까지 반대하면 내가 죄받을 겁니다. 그렇게 하십시다."

"이해해 주셔서 고맙습니다."

"내가 왜 이렇게 남남 지간에 이래라 저래라 간섭하는 것은 차차 얘기하겠지만, 나는 분명히 말해서 오선생을 이렇게 고생하게 내버려둘 수 없는 입장에

있는 사람이니까, 그리 알고 다시 또 연락합시다."

그러면서 장회장은 또 봉투 하나를 내 놓는다.

"아이구, 회장님! 이번에는 정말 안됩니다. 지난번에도 그렇게 큰 돈을 주셔서 아직도 많이 남았습니다."

"요즘 물가가 비싼데 뭐 쓸 게 있나요."

이번에도 양씨는 완강히 사양했으나, 장회장은 또 방바닥에 놓고 밖으로 나가 버렸다.

이튿 날부터 오춘만은 눈코 뜰 새 없이 바쁘다. 남아 있는 벼를 베어서 탈곡하고 멍석에 널어 말려야 하고, 콩 털고, 수수이삭 잘라 엮어서 말리랴, 고구마 캐고 참깨, 들깨 털어서 부대에 담아 지게로 져 날라야 하고, 해도 해도 끝이 없어 허리, 어깨, 다리 아프지 않은 곳이 없었다.

이렇게 고달픈 일상이 매일 반복되니, 또 쓰러지는 건 아닌지, 가족들은 하루하루가 걱정만 쌓여 간다. 그런 가운데 열흘이 가고, 한 달이 가니 어느덧 가을 걷이도 무사히 끝낼 수 있었다.

그제서야 가족들은 마음을 놓을 수 있었고, 또한 앞으

78

의 이사 계획을 진지하게 의논한 결과 11월 말일, 서울로 이사 가기로 결정했다.

결정을 하고 나니, 아이들은 신이 나서 앞으로의 새 희망의 꿈이 펼쳐지는 듯 풍선처럼 가슴이 부풀어 오르지만, 양씨나, 오춘만의 마음은 참으로 복잡해 진다.

특히, 오춘만의 심정이야 오죽할까, 근 30여 년을 하루같이 내 집 일처럼 열심히 했건만, 때로는 인간 대접을 받지 못해 허탈감을 느끼기도 했었고, 때로는 세상이 원망스럽기도 했었다.

그렇게 고운정, 마운정 다 들고보니 이제는 내 고향이나 다름 없는, 양지마을을 떠난다니…, 만감이 교차한다.

이제 서울로 이사를 가면, 앞으로 무슨 일을 하게 될 것인가? 과연 평생을 농사 일 밖에 모르는 내가 무엇을 할 수 있을까? 자신이 없어 불안하기도 하다. 차라리 다 포기하고, 다시 그냥, 이대로 여기서 살까?….

좀처럼 잠을 이루지 못해 뒤척이다, 뜬 눈으로 밤을 새우시피 하다 겨우 잠이 들었다.

이튿 날 오춘만은 마달수에게 그 사실을 얘기하자,

마담주는 믿을 수 없다는 듯 깜짝 놀란다.

" 자네 시방 뭐라 했는가! 설마하니, 자네 진심인가?"

" 예 주인님···."

" 아니! 그러니까, 이제 내 집에서 나가겠다 이건가 다시 한 번 말해보게."

마담주는 한동안 말을 하지 못하고 천정만 뚫어지게 바라보다가 다시 묻는다.

" 어디로 가서 뭐 할 건데?"

" 아직 결정된 건 없고, 서울 가서 차차 알아봐야지요."

" 자네 정말 진심인가?"

" 갑작스레 죄송합니다."

" 흥! 그 놈의 시커먼 자가용이 자주 드나들더니만 결국, 그렇게 됐구만. 꾐에 빠지고 말았구만···."

" 그래서 말씀 드리는데 이사 비용이 한 푼 없으니 좀 도와 주십시요."

" 아니, 팔자를 고쳤나 본데 떠나면서도 돈타령인가?"

" 죄송합니다."

" 이사 비용이라. 그래 얼마를 달라는 건가?"

" 그야 알아서 주십시요."

"알아서라니, 생각한 액수가 있을 것 아닌가?"

"글쎄요, 한 백만 원 - 만···."

"허 참! 기가 막히네. 자네가 30년 동안 내 집에 살면서 집세 한 번 내 봤나, 재산세 한 번 내 봤나, 전기세니 뭐니, 그런거 한 번이라도 내 본 적 있는가?"

"·····"

"왜 대답이 없는가? 오히려 내가 받아 내야 할 걸세, 안 그런가?"

"아니! 어찌 그런 말씀을···."

"그런 말씀이라니, 어디 그뿐인가 식구들 밥 먹고 애를 공부 시키고···."

"·····"

오춘만은 너무도 기가 막혀 말이 나오질 않는다.

욕심 많고 비정한 사람이라는걸 예전에 알았지만, 이렇게까지 비인간적인 사람일줄이야···.

나보다도 더 가난하고 못난 사람같기도 하여 불쌍한 사람이라 생각이 들어 더 이상 상대하고 싶지 않아 그냥 나와 버리고 말았다.

너무도 허탈하고, 너무도 어처구니가 없어 어떻게

해야 할지, 어디에다 마음을 붙여야 할지···.

그냥 머릿속이 하얗게 텅 비어 있는 것만 같았다. 이대로 집에 갈 수도 없고 어디 마땅히 갈 곳도 없었다. 그냥 발이 가는 대로 터벅터벅 걷고 있을 뿐이다. 세상에 나같이 못난 사람이 또 있을까?

곰곰이 생각해 보니 그래도 내게는 살림 잘 하고 인정 많은 아내가 있고, 상진이, 상미같이 똑똑하고 예쁜 아들, 딸이 있지 않은가! 그리고 언제나 나를 위로하고 인정해 주는 둘도 없는 친구, 민정기도 있지 않은가, 거기다 장순덕 회장님 같은 의인이 내게는 있지 않은가! ···."

그래! 남에게 도움 받을 때는 고맙게 받아들이고 그 사람들이 바라는 대로 열심히 살면서, 나도 남을 도와주며 살면 되지 않겠나.

그렇게 모든 것을 긍정적으로 받아 들이니, 조금 전 보다는 무언가 희망적이고 걸음 걸이는 제법 힘이 생긴다. 그의 발길은 이미 자신도 모르게, 친구 민정기 집으로 향하고 있었다.

"어서 와, 안 그래도 자네 집에 가보려던 참이었

82

는데…, 몸은 좀 어때?"

"많이 좋아졌어."

"들어와, 왜 그러구 서있어?"

"글쎄, 어쩔가 싶어서….'

"무슨 뜻이야! 대포집으로 갈까?"

"아냐 들어가세."

오준만은 이럴까, 저럴까 망설이다, 그냥 방으로 들어갔다.

"마영감하고 뭔 일 있었어?"

"나,…, 마영감 집 그만두기로 했네….'

그 말을 듣는 순간 민정기는 자기 귀를 의심할 수 밖에 없었다. 다른 사람들이 그렇게도 오준만을 탐내어 데려가려고 했어도, 어떻게 은인을 배신할 수 있느냐며 한사코 사양했던 오준만이 마달수네 집 일을 그만두기로 했다니!…, 정말 믿을 수 없는 일이었어.

"이보게, 준만이 자세히 얘기 좀 해 봐."

오준만은 방 바닥만 내려다 보고 있을뿐 꿈처럼 말이 없었다.

"그럼 누구네 집 일을 할 건가? 최씨네? 아아 방앗간 정씨네 집?···."

"이 달 말쯤 이사 가네···."

"뭐라고!? 이사를 간다고?"

"갑자기 결정된 일이라, 나도 뭐가 뭔지 잘 모르겠어, 하지만 이젠 할 수 없게 됐어."

"정말 이사를 간단 말야? 어디로?"

"서울로···."

"아아! 그러니까 언젠가 내게 보여줬던 명함 그 회장과의 관계야?"

"응, 그 회장님이 무조건 아무 걱정 말고 올라 오라는 거야."

"잘 됐네 정말 잘 됐어."

"어떻게 해야 할지 생각이 많아."

"생각은 무슨 생각이야, 설마하니 그분이 자네를 이용해서 출세를 하거나 무슨 덕을 보자는 것이 아니 잖아 무엇을 요구하는 것도 아니고."

"그야 그렇지···."

"그러니까 무조건 올라 가 이런 기회가 또 있겠어?"

"자네한테 면목없네만 또 한 번 도와주게나."

"말해 봐 내가 도울 수 있는 게 뭔지!"

"한…50만 원만 마련해 주게."

"알았네 잠깐 기다리게."

민정기는 안방으로 들어가더니 부인에게 말한다.

"여보, 나 50만 원만 줘요."

"뭐요? 갑자기 이 밤중에 웬 50만 원 이예요?"

"설명은 나중에 할테니까 어서 줘."

"그건 안 돼요, 당신 차가 고물이라서 새차 뽑기로 했잖아요."

"그야 조금 늦추면 되니까 어서 줘요."

"그러다 고장나서 사고라도 나면 어쩔려구요, 툭 하면 수리비가 버는 것 보다 더 들어가잖아요."

"조심해서 잘 할테니까 빨리줘요."

부인은 할 수 없다는 듯 투덜대며 50만 원을 꺼내 준다. 돈을 받아들고 나가려다, 순간적으로 민정기는 좀 이상하다는 생각이 들었다. 이제 이사 가는 마당에 과영수와 관계가 끝났다면, 어느 정도 돈 계산도 있었을 터인데…. 내게 돈을 부탁 하는 걸까?…

궁금하여 물어보고 싶었으나 친구가 난처할까 싶어 그냥 참기로 했다. 민정기는 돈을 건네주며,

"이정도면 되는거야?"

"번번이 정말 미안해, 자리 잡히는 대로 갚을게."

"안 줘도 괜찮아, 그런 걱정 말고 마음 정리나 잘 해. 아, 참 이삿날이 언제야?"

"이달 말이야."

"이삿짐은 내가 싣고 갈게."

"그것까지 어떻게 자네한테 신세 지나, 서울에서 차를 보내준다고 했으니 걱정 말어."

"웬 소리야! 내 직업이 용달차 운전인데 어떻게 그럴 수 있나, 그리고 이럴 때 아니면 언제 자네 이삿짐 한 번 도와 주겠나?"

"사실은 나도 장회장님께 미안해서, 자네가 해주면 마음이야 편하지."

"그러니까 이삿짐은 내가 하는 걸로 하세."

"그래 정말 고맙네."

"이 사람, 아무거나 고맙네 고맙네, 그런 말 우리 사이엔 어울리지 않아."

86

"그리고 보니 고맙다는 말이 왠지 어색하기도 해."
"그걸 인제 알았는가? 그리고 참, 마영감하고는 계산 잘 봤어?"

계산 잘 봤느냐는 말을 들었을 때 오춘만은 무슨 죄라도 지은 양 가슴이 덜컥 내려앉는다. 그 얘기만은 비켜 가고 싶었는데, 올 것이 오고야 말았다.

한 푼도 받지 못했다고 하면 이 친구 마음이 아플 것이고 잘 봤다고 하면…. 그런데도 나한테 50만원을 달라고 하느냐 할 테고, 참으로 기가 막혀 말이 안 나온다.

"계산 잘 봤어?"
"말이 안 나오네…."
"혹시, 아직도 해결이 안 난 거야?"
"오히려 내가 내 놓고 가야 한대."
"그게 무슨 말이야? 자네가 돈을 왜 봐야 한다고?"
"집세, 재산세, 전기세, 한 번 내 놓은 적 있느냐고 따지더라고."
"뭐 뭐 뭐라고! 그걸 말이라고 하는 거야?"
"말도 안 되는 말을 하니, 내가 어떻게 그 사람

과 말을 할 수 있겠는가···.

감자기 그 영감이 불쌍하게 보이더군, 나 보다도 더 가난한 사람이라고 생각이 드는 거야."

"이런 이런, 자네도 지금 말이 안 되는 소리 하고 있구만 그 영감이 불쌍하다니! 그래서?"

"그렇지 않고서야 어떻게 그런 말을 할 수 있겠어"

"그래서 어떡할 셈인가?"

"그냥 훌훌 털어버리고 갈 생각이야."

"이것 봐 준만이, 정말 한 푼! 한 푼도 받지 못했단 말야?"

"아 끝났어 미련 없네."

오준만이 일어나서 나가려 하자, 민정기는 화가 치밀어 견딜 수 없자 오준만 보다, 먼저 벌떡 일어나 밖으로 나갔어.

"빨리 가세."

"어딜가?"

"어딘 어딘가! 마영감한테 가서 따져야지."

"이 친구야, 참아 당신이 뭔데 남 일에 참견이야 하고 대들면 어쩌려구 그래?"

오준만은 친구를 꽉 붙잡고 놓아주질 않는다.

"친구야, 나는 이제 여길 떠나면 그만이야, 하지만 자네는 여기서 살아야 하니까, 한 동네 살면서 얼굴 붉히지 말고 살아야지 안 그런가?"

"저런 인간 그냥 놔 두면 안 돼 고발해야지."

"그러지 말게, 알고 보면 마영감도 안 됐어, 누구 하나 도와주는 사람이 없으니 저렇게 인색해진 거야 그냥 모르는 척 하세."

"심보가 저러니 누가 도와주고 상대하겠나?"

"나 같이 남의 도움이나 받으며 사는 것보다야 낫지 않은가?"

"이 사람아 몇 십년을 뼈 빠지게 일했는데, 빈 손으로 나간다는 것이 말이 되나, 그게 말이 된단말야? 가세, 가서 따져야 한단 말야."

"친구야 너무 속상해 하지 마, 그 양반도 언젠가는 변할 거야, 언제까지나 저런 식으로 살 수는 없는 일이기에···, 두고 보게나 새 사람으로 거듭 태어날 거야 그러니 나를 봐서 조용히 떠나게 해 줘."

오준만은 간신히 친구를 진정시켜 놓고 집으로 돌

아갔다. 집에 돌아오니 부인 양씨가 몹시도 기다렸든
모양이다. 숨 돌릴 사이도 없이 대뜸 묻는다.

"왜 이렇게 늦었어요? 얼마나 해 줍디까?"

오준만은 참으로 곤란했다. 사실대로 한 푼도
받지 못했다고 하면, 마영감도 마영감 이지만
나를 얼마나 못난 사람이라고 실망할까! 그
것이 더 두려워 아무런 말도 할 수가 없었다.

"여보, 얼마나 받았구요?"

"응?…. 응 50만 원….."

"뭐라구요? 50만 원 이요?"

"……."

"아니, 그걸 돈이라구 받아요?"

"며칠 있다 50만 더 해 준대. 갑자기 갑자기….."

"아니, 왜 그렇게 말을 더듬고 그래요?"

"응, 갑자기 돈이 없었냐고, 빠른 시 일에 50만 원
더 해 준댔어."

"정말이지 기가 막혀 죽겠네…."

오준만은 진땀을 흘리며 더 이상 아무런 말도 없이
피곤하다며 잠 자리에 들고 말았다.

송별회

지금 양지 떡볶이 집에는, 수석이, 만석이, 연응이, 지홍이, 병석이, 영길이, 이렇게 여섯 명이 모여 있다. 떡볶이 집 주인 아줌마 사장님이 생글생글 웃으며 말을 건넨다.

"오늘 누구 생일이야? 친구들이 다 모였네."

"아네요, 상진네가 이사가니까 섭섭해서요."

"어머나! 상진네가? 갑자기 웬일이야, 언제?"

"이 달 말일이오."

"어머, 그렇게 빨러?"

"네. 그렇게 됐어요."

"얘들아, 상진이 오기 전에 빨리 내 봐 한데 모아야지."

그러자 친구들은 각자 주머니에서 돈을 꺼내 수석이한테 건네준다. 수석이는 메모지에 이름과 금액을 열심히 적는다. 연응이가 궁금한지 금액을 물어본다. 모두들 메모지를 기웃기웃 쳐다본다.

"수석아 총액이 얼마니?"

"285,000원 이야."

"야아! 수석아, 너는 십만 원이나 내는 거야?"

"우리 엄마가 그러는데 이사하면 이것저것 사야할 것이 많은 법이래."

"너네 엄마 정말 멋쟁이다."

"그런데 얘들아, 돈만 줄까 메모지도 함께 줄까?"

그러자 어떤 친구는 돈만 주자 하고, 어떤 친구는 메모지도 함께 주어야 한다고 의견이 엇갈린다.

"그럼 우리 다수결로 하자."

"그래 그게 좋겠다."

세어 보니 찬, 반이 정확히 3:3 반 반이다. 결정 하기가 곤란하자, 병석이가 메모지를 보더니, 의견을 말한다.

"얘들아, 이렇게 하면 어떻겠니? 메모지를 보니까 내가 제일 조금 냈는데, 부끄럽지만, 사실대로 밝혀주는 것이 좋겠어, 그래야 상진이도 궁금하지 않겠니?"

병석이의 말을 듣고 보니, 사실 그런 것 같다. 금액이 많고 적고가 문제가 아니라, 사실대로가 더 중요할 것 같았다.

그래서 친구들은 병석이 의견에 찬성하여, 이름과 금액이 적힌 메모지도 함께 넣어주기로 결정했다.

잠시 후 출입문이 열리기에, 성진이가 오는 줄 알았는데 상진이가 들어온다. 그러자 친구들이 일제이 박수로 환영한다. 상진이는 놀라는 듯 제자리에 멈춰!

"야, 너희들 왜 그래! 박수치니까 이상하잖아?"

"오늘 네가 주인공 이잖아."

아까부터 성갈이 생각에 몰두해 있던 수성이가 상진이에게 묻는다.

"상진아, 성갈이 어떻게 된거지? 전화해도 안 받아."

"글쎄, 할아버지 때문에 병원에 갔나?"

모두들 궁금하고 걱정도 되었으나, 약속시간이 30분이나 지났으니 무작정 기다릴 수는 없는 일이었다.

그러자 연웅이가 한 마디한다.

"애들아, 그냥 시작하자, 오겠지 뭐···."

그러자, 지훈이도 한 마디한다.

"그래, 시작하자. 오늘의 사회자는 우리들의 아이디어 뱅크이자, 명 아나운서 조만석이 진행하겠습니다."

그러자 조만석은 목소리를 가다듬고 점잔을 빼면서 헛 기침도 한 번 해 보며, 말을 받는다.

"에에, 방금 소개받은 조만석입니다. 그럼 지금부터 우리들의 영원한 친구 오상진군의 송별회를 시작 하겠습니다."

" 야야, 또 하겠습니다냐?"

" 아, 네 하겠습니다. 모두 앞에 놓인 콜라잔을 놓이 드시기 바랍니다."

그러자 친구들은 잔을 높이 들었다.

" 앞으로 오상진군이 정든 고향을 떠나 객지에서도 어떠한 어려움이 닥치더라도, 굳세게 이겨내어 꽃길을 걷는 발전과 건강을 위하여···."

그러자 모두 큰 소리로,

" 위하여···."

" 역시 우리 조만석 끝내준다."

" 하 예, 감사합니다."

모두가 깔깔대며 분위기는 아주 좋게 익어간다.

" 에, 다음은 우정의 성금 수여식이 있겠습니다. 성명. 오상진 위의 본인은, 양지중학교 3학년에 재학중이며 학업 성적이 우수하고 모범적인 학생으로서, 부모님께는 효자이고, 후배들을 사랑하고, 특히 친구간에 우정과 신의가 두터우며, 모든 품행이 타의 모범적인 친구로서, 이제 사정에 의하여 양지마을을 떠나게 되었음에 너무도 아쉬워. 어디를 가든지 무엇을 하든지 친구의 행운과 발전을 위하여 우정 어린 성금을 줌. 1998. 11. 27. 양지마을 친구 일동."

인수석이 상진에게 돈봉투를 건네자, 상진은 어리둥 절하여 이게 뭐냐는 뜻으로 엉거주춤 받는다.

그러자 모든 친구들은, 물론 주인 아줌마까지 손바 닥이 아프도록 박수를 친다.

"다음은 오상진군의 소감을 듣겠습니다."

상진은 눈시울이 촉촉히 젖어들어 말을 잇지못한다. 그러자 친구들은 나지막하게 위로한다.

"울지마···. 울지마···."

"친구들아 정말 고맙다. 나··· 나는 결코 울지 않겠 다. 우리들은 양지마을에서 태어나 16년 동안 함께 지내 왔다. 골목에서, 학교에서, 개울에서, 우리들은 웃 고 장난하며 정답게 살아 왔다. 그러기에 나는 어딜 가 든지, 우리 양지마을 골목 골목과, 학교, 개울, 앞산, 뒷산 우리들이 뛰어놀던 고향의 모든 것, 그리고 또···. 너희들 모두를 가슴에 담아 가지고 갈 것이다.

그러다 어렵고 힘들 때는, 너희들 얼굴 한 사람 한 사람을 떠 올리며 생각하고 살 것이다."

상진은 더 이상 말을 잇지 못하고 끝내는 눈물을 흘리고 말았어. 친구들도 이미 눈물이 촉촉이 고여 있었어.

친구들도 아무런 말 못하고, 침묵만 흐르는데, 주인 아줌마도 일을 못하고, 그냥 멀뚱히 서 있다. 분위기가 너무 가라앉자 만석이가 입을 연다.

"상진아! 우리 동네 골목 골목을, 학교, 개울, 앞산 뒷산 모두 다 가져가면, 우린 어떡하냐? 조금은 남겨 놓고 가거라 알것냐?"

그러자 친구들은 눈물 섞인 웃음이 여기 저기서 키킥새어 나온다. 그때 주인 아줌마도 정신 차린 듯,

"얘들아, 떡볶이 다 식겠다 먹으면서 얘기 해."

그제서야 생각난 듯, 친구들은 떡볶이를 먹기 시작한다. 거의 다 먹어갈 무렵 만석이가 기회를 잡은 듯 말을 꺼낸다.

"얘들아, 너희들한테 꼭 할 말이있어! 지난 3년 동안 그 일을 생각하면, 무척 괴로웠는데 오늘 너희들한테 그 괴로움을 덜어 놓을게···."

그리고는 잠시 뜸을 들이고, 지난 일을 생각하는 듯 침묵

이 흐르자 모두가 궁금해하며 만석의 말을 기다린다.

"3년 전 우리가 천하장사 대장 뽑던 날…".

말을 시작 하는데 옆에 앉은 상진이가 만석이의 옆구리를 꼬집는 것이었다.

"아야!"

만석이가 비명을 지르자, 친구들은 영문을 몰라 무슨 일이냐는 듯 의아해 한다.

상진이가 말하지 말라고 옆구리를 꼬집었지만, 그래도 만석이는 이야기를 계속한다.

"그때 상진이는 준결승을 끝낸 상태라서 지쳐 있었고, 광우는 10분 이상을 쉬었는데, 그 상태에서 곧바로 결승전을 치르게 한 것도 내 잘못이고, 또한 상진이가 반칙 패라고 판정하여 광우에게 우승을 안겨준 것에 대하여 진심으로 너희들에게 용서를 빈다. 특히 상진이에게….".

그러나 친구들의 반응은 묘했다. 놀랄 것도 없다는 듯 이미 다 알고 있는 사실인데, 뭐가 새삼스런 일이냐는 듯…. 그러나 뒤 늦게나마 잘못을 뉘우치고 용서를 바라는 그 마음이 친구들은 반가웠던 것이다.

"친구들아, 그리고 상진아 정말 미안해!"

"미안하긴, 내가 시작 전에 움직였잖아 반칙패가 맞아 그리고 이미 다 지난 얘기야. 얘들아! 우리 만석이 용서하는거지?"

상진이의 말이 떨어지자 친구들은 힘찬 박수로 만석이를 용서해 주는 것이다.

그러자 병석이가 한 마디한다.

"만석아! 맨 입으로는 안 된다 알겠지?"

"당근이지, 오늘 음식값은 내가 쏜다. 그럼 됐지?"

그러자 또 한 번 힘찬 박수가 빗발친다.

그제서야 만석이는 진정으로 기쁜 표정으로 크게 소리친다.

"자, 여러분 잔을 높이 들기 바랍니다. 그리고 힘차게 외칩시다. 우리들의 영원한 친구 상진이를 위하여, 그리고 우리들의 영원한 우정을 위하여···"

만석이가 이렇게 선창하자, 친구들은 그대로 복창하고 난 후 서로서로 잔을 부딪치고 콜라 한 잔씩을 마셨다.

"이것으로서 상진이의 송별식을 모두 마치겠습니다."

그러자 그 어느 때 보다도 박수 소리는 더욱 힘차게 홀 안을 가득 채웠다. 만석이가 계산하려고 자리에서 일어 서는 그대였다.

"애들아, 잠깐만! 너희들 정말 멋진 친구들이다. 이렇게 아름답고 뜻 깊은 송별식은 내 처음 본다. 그래서 너희들이 너무도 대견하고 착해서 오늘 음식값은 이 아줌마가 쏜다."

그러자 친구들은 하나같이 소리 지른다. 와우 와우, 우리 아줌마 사장님, 최고 최고, 따따블, 최고를 외치며 엄지를 척 세운다.

"너희들 우정 변치말고 할아버지 될 때까지 주─욱 알겠지?"

"네에, 감사합니다."

모두 밖으로 나오니 늦은 가을이라 그런지 낮이 짧아 어느덧 해는 지고 어두워졌다. 떡볶이를 공짜로 먹었으니, 3만 원이 그대로 남아 상진이를 주려하자,

"이게 뭐야!"

하면서 상진이는 도망간다.

"야, 상진아 오늘 떡볶이 공짜로 먹었잖아, 그러니까 이건 네 돈이야."

사실인즉 만석이는 오늘 성금 낸 것이 너무도 적은 금액이라 창피하기도 하고, 정말 미안한 마음이었다.

그래서 조금이라도 더 꾸고 싶은 마음인데 상진이는 벌써 저만큼 도망가고 있는 것이었다.

그러자 친구들이 합세하여, 상진이를 꽉 붙잡고 있자 만석이는 얼른 상진이 주머니에 넣어 주었다.

그리고는 친구들 모두는 각자 헤여졌다.

상진이는 끝내 오지 못한 성길이 생각에 몰두해 있다.

성길이 아빠는 위장병을 오래도록 앓다가, 결국 위장을 잘라내었는데, 3개월 쯤 후에, 그러니까 성길이가 초등학교 3학년 때 돌아가셨다.

그리고 돌아가신지 1년쯤 됐을까, 엄마가 집을 나가 지금껏 소식이 없는 처지에 놓여 있는 것이다.

지금은 칠십중반의 할아버지와 단 둘이 살고 있는데 할아버지의 건강이 좋지 않아, 일을 제대로 할 수 없어 논 밭을 조금씩 팔아 생활비와 병원비로 쓰다 보니, 이제는 논 서마 지기에 밭 사백 평 정도가 전재산이다.

그런 생각을 하면서 성길이네 집에 도착 했는데 불은 꺼져 있고, 아무도 없었다.

상진은 불안한 생각이 든다. 어딜 갔을까?…

할아버지 모시고 병원에 갔을까? 조금 더 기다려 봤으나 끝내 오지 않아. 그냥 집으로 가는데. 중간쯤에서 누가 걸어오는 모습이 보인다. 반가운 마음에

"성길이니?···."

"어, 상진이구나!"

목소리를 들으니, 성길이가 아니라 수석이었다.

"너, 어디 가는거야?"

"성길이한테."

"아무도 없어!"

수석이는 뭔가 집히는 것이 있는 듯 생각에 잠긴다.

"내 생각이 짧았어, 그 말을 하지 말았어야 했는데."

"그게 무슨 말이니?···."

"성길이가 없을 때 그 말을 했어야 했는데···."

"무슨 말을 했길래 그러니?"

"친구들한테 그랬거든, 상진이가 이사 가는데 우리 성금을 조금씩 모아서 주는것이 어떠냐고,···."

그 말을 듣는 순간, 상진이도 금방 알아 차릴 수 있는 말이었다. 그러니까, 성길이네 가정 형편상 성금 내기가 어려우니, 성길이가 없을 때 즉 성길이만 빼

고 얘기 했어야 했다는 수석이의 뜻이었다.

"수석아, 너무 걱정하지마. 만일 성길이가 저만 빼고 다른 친구들한테만 얘기한 것을 알았다면, 오히려 그것은 더 섭섭한 일이 아니겠니?"

"오! 듣고 보니 그 말도 맞네."

"그래, 그러니까 너무 걱정 하지마, 무슨 다른 사정이 있겠지…."

"그래 알았어, 날씨도 제법 추운데 들어가자."

"그래, 잘가."

수석이는 오던 길로 되돌아 가고, 상진이도 집을 향해 걸어가다, 왼쪽으로 방향을 바꿔 개울 쪽으로 걸어 간다. 성길이는 마음이 울적할 때마다 가끔은 자주 찾는 곳이 개울 둑이었다. 얼마를 걸어 개울에 도착하여, 좌 우를 살펴보니 검으스레 보이는 무슨 물체는, 분명 사람 같았다. 점점 가까워지니 분명 사람이었다.

"성길아!"

아무런 대답이 없다. 바로 옆에까지 왔는데도 아무런 미동도 없이 그냥 앉아있다.

"성길아!…."

상진이도 더 이상은 말을 하지 않고, 그냥 묵묵히 옆에 앉아 있었다.

"상진아, 송별회에 못 나간게 아니고, 안 나간거야."

조금은 생각지 못한 의외의 말을 하기에, 무슨 뜻인지 얼른 이해가 되지 않아, 잠시 이어지는 말을 기다리는데….

"상진아! 너 없으면 나 어떡하지?…."

상진이도 무슨 말을 어떻게 해야할지 가슴이 먹먹해 진다. 그렇다고 가만이 있자니, 너무도 어색하기도 하지만 분위기가 너무도 가라앉아, 더욱 우울해 진다.

"성길아, 내가 뭐 외국으로 이사 가는 것도 아닌데 뭘 그러니, 서울, 여기서 2시간도 채 안걸려 한 달에 한두 번 만나면 되잖아, 그렇잖아?"

"그게 말대로 그렇게 되니?"

"성길아, 서울가서 자리 잡히는 대로 연락할게 알았지? 날씨가 춥다, 들어가자."

그 말 이후에는 별 말이 없었다. 서로가 서로의 마음을 잘 알기에 많은 말이 필요없기 때문일 것이다.

성길이는 아쉽다 못해 슬퍼지기도 하는 마음이고, 상진이는 부모님도 없이 살고있는 성길이가 늘 마음 아프다.

똥마려운 강아지처럼

"여보, 당신 요즘 왜 그래요? 똥 마려운 강아지처럼 안절부절못해요? 잘 마시지도 못하는 술이나 마시고."

"내가 뭘?···."

"그러지 말고 오서방 떠나기 전에 백만 원 갖다 줘요. 오다 보니 지금 이삿짐 싣고 있습디다. 말이야 바른 대로 말해서 다시는 오서방같은 사람 구할 수 없을게요. 사람 정직하지, 일 잘하지, 상진에미 양씨도 부지런하고, 살림 잘 하고, 거기다 음식 솜씨 좋지. 그러니 아무소리 말고 어여 갖다 줘요."

"백만 원이 뉘집 강아지 이름인감?"

"당신 나중에 후회 말고, 어여 갖다 줘요 떠나기 전에."

마달우는 심정이 복잡해진다. 사실 마음 한 구석에는 양심이 있어 무엇인가 자꾸만 마음이 편치 않다.

그렇다고 백만 원을 주자니, 아깝고···.

마달우는 슬그머니 일어나 밖으로 나간다.

한편 마광우는 멀리서 상진네 이삿짐을 싣고 있는 광경

을 바라만 보고 있다. 수석이, 연용이, 지홍이, 명석이, 성건이, 그리고 만석이까지도 열심히 짐을 나르고 받아 싣고 야단법석이다.

나도 재들처럼 저기 같이 있어야 하는건데… 부럽기도 하고, 한편으로는 부아가 치밀어 오르기도 한다.

저놈들이 나와는 점점 멀어지고 있는 것 같다. 특히 만석이 저놈은 나한테 이럴 수는 없는데, 배신하고 있는 것 같아 더욱 화가 치민다. 더 이상 보고 싶지 않아 돌아서 가려다 돌부리에 걸려 넘어질 뻔하자, 그 돌을 축구하듯 걷어차는 순간 '앗!' 비명과 함께 발을 절뚝거린다.

한편 밖으로 나간 마담수는 농협으로 가서 백만 원을 찾아 주머니에 넣었다. 그러더니 다시 꺼내 절반을 떼어서 다른 주머니에 넣고 오십만 원만 줄 생각이다.

얼마쯤 걸어가다, 다시 돈을 꺼내어 이십만 원을 보태 칠십만 원을 줄까 생각하다가, 너무 조잡스런 생각이 들었는지 결국 백만 원을 다 주기로 하고 부지런히 오준만을 만나러 가는 것이다.

기쁜 마음이 들기도 했다가, 자존심이 상하기도 했다가,

돈이 아깝기도 했다가, 변덕이 죽 끓듯 하며 어느덧 오후만 집에 도착했지만, 이삿짐차는 이미 떠났고 집 앞은 썰렁하기만 하다.

어찌 이런 일이

서울 난곡동에 있는 세일물산 회사는 5층 건물인데 이곳에서 백이십여 명의 직원들이 일을 하고 있다.

건물 앞에는 널찍한 마당이 있고, 본건물 우측에는 창고형 건물이 있고, 좌측에는 작년까지 장순덕 회장이 살았던 아담한 2층 양옥집 한 채가 있다. 지금은 장회장의 서재 겸, 휴식 공간으로 사용하고 가끔 이곳에서 사업 구상도 하는 곳이다.

그러나 이제는 상진이네 가족이 살아갈 보금자리 이기에, 며칠 전부터 새로 도배하고 장판도 새로깔고 여기저기 신경을써 더욱 깔끔하게 단장되었다.

한편 양지마을에서 이삿짐을 싣고 오전 11시에 떠나, 오후 1시쯤 도착 예정 이었으나 30분이나 늦어졌다. 세일물산 정문에서 정차하니, 수위가 창문을 열고 얼굴을 내밀고 묻는다.

"어디서 오셨습니까?"

"양지마을에서 왔습니다."

수위는 문을 열고 나와 친절히 안내해 준다.

"저기 2층 양옥집 있지요? 그 앞에 차를 대시면 됩니다."

"예, 감사합니다."

민정기가 차를 집 앞에 대놓고 오춘만과 함께 차에서 내려오니, 직원인 듯한 젊은 사람 네 명이 다가오며, 그중 한 사람이 묻는다.

"양지마을에서 오셨지요?"

"예, 그렇습니다."

"여기다 내릴 거니까 바(밧줄) 푸시지요."

집을 바라보니, 오춘만과 민정기는 딱 벌어져 말이 안 나온다. 세상에 이런 집에서 살게 되다니! 전에 살던 집과 비교하면 그야말로 판잣집과 호텔 차이가 아닌가! …. 현관문이 열리며 장회장이 나온다.

"회장님, 차가 밀려서 좀 늦었습니다."

"어서 와요."

"인사드려 회장님이셔!"

"안녕하십니까, 민정기라 합니다."

"장춘덕입니다. 두 분이 친구 사이시라구요?"

"예, 그렇습니다."

"회장님, 수석이라는 아이 아시지요?"

"아다 마다요, 고 녀석 아주 명랑하고 똑똑한 아이로 기억하고 있지요."

"그 아이가 바로, 이 친구 아들입니다."

"아! 그래요? 이거 더욱 반갑습니다. 그 녀석 덕분에 미꾸라지를 잡아서 아주 포식한 적도 있었지요."

"이 친구한테 회장님 완쌀 꿇이 들었습니다."

그때였다. 정문쪽에서 가족들이 이쪽으로 걸어오고 있었다. 상진, 상미가 장회장을 보자 머리숙여 인사한다.

"오, 우리 상미, 상진이 어서 오너라."

"회장님, 이 짐을 어디다 놓을까요?"

"아, 잠깐만, 짐을 들이기 전에 우선 내부 구조를 보시고 짐을 옮기는 것이 순서일 것 같은데···."

"예, 그러지요."

현관문을 열고 들어서니, 확 트인 거실이 넓고 한 눈에 보아도 고급스런 자재들로 꾸며졌음을 알 수 있었다. 특히 아이들은 놀란 토끼처럼 눈은 황소 눈 만큼 커지고, 벌어진 입은 다물지를 못한다.

거실 한켠에는 큼직한 쇼파가 놓여 있고, 그 앞에는 유리 깔린 T 테이블 그 위에는 전화기가 놓여 있고, 맞은 편 벽쪽에는 TV, 창문 쪽에는 새와 꽃이 새겨진 문갑이 주욱 이어져 있다.

문갑 위에는 도자기, 꽃병, 조각 예술품, 각종 마스코트. 벽에는 액자, 창가의 커튼. 어디 무엇을 먼저 봐야 할지, 상진, 상미는 눈이 바쁘기만 하다.

안방에 들어서보니, 전면에 보이는 십장생 무늬가 새겨진 고풍스런 자개 장롱이 있고, 장롱문을 열어보니 푹신한 이불과 요가 정갈하게 개켜져 있었다.

어른들은 주방에서 이것 저것을 보고 있다. 싱크대 위 찻장에는 반짝반짝 빛나는 각종 그릇하며, 가스렌지 냉장고, 전자렌지, 김치 냉장고, 각종 조리기구, 뭐 하나 없는 것이 없었다.

상미와 상진이는 2층으로 올라갔다. 방이 두 개인데 첫 번째 방문을 열어보니, 펭귄, 사슴, 토끼, 그림이 그려진 하얀 티코 장롱이 너무도 예쁘다. 장롱이 너무 예뻐 문을 열어보고 닫아보고, 또 열어보고 닫아본다.

화장실 문도 열어 보니, 그렇게도 부러웠던 좌변기 화장실 이었다. 베란다에 나가서 밖을 내다 보기도 하고 커튼을 열었다, 닫았다. 정말이지 이것이 꿈인지 현실인지 실감이 나질 않는데, 그때 어른들이 2 층으로 올라오다 마주쳤다.

"아빠! 우리 정말 여기서 사는거야?"

그러자, 장회장도 같이 신이나는 듯, 맘껏 기뻐하라는 뜻으로 쾌활하게 말을 이어준다.

"그럼! 여기는 이제 상미, 상진네 집이란다."

아이들은 모든 것이 꿈만같아 인사말도 잊은 채 입만 벙글벙글 좋아서 어쩔 줄 모른다.

노준만 부부는 정말 부끄러웠다. 자기들이 가지고 온 이삿짐은 여기에 있는 물건들과 비교하면, 모두 쓰레기에 가까운 것들이다. 이럴 줄 알았다면 다 버리고 오는건데···. 그러나 어찌하랴 그동안 잘 써 왔던 손때 묻은 고마웠던 물건들이니, 그냥 옮기는 수밖에, 회사 직원 청년들이 번쩍번쩍 짐을 옮겨주니 의외로 일은 금세 끝났다.

길 건너 식당에서 설렁탕으로 점심을 먹고나서 회사

직원들은 먼저 나가며 흠흠해 한다.

"누군데 회장님 사택으로 이사 왔지?"

"회장님과 닮은 것 같은데 동생 아닌가?"

"그런 것 같아 많이 닮았던데!"

한편, 식당 안에서는, 민정기가 깊은 감동을 받아 그 고마움을 말한다.

"회장님, 정말 고맙습니다. 평소에 이 친구를 도와주지 못해 늘 안타까웠는데, 이제는 걱정 없습니다."

"예, 제가 힘껏 돕겠습니다."

"회장님을 뵈오니, 제 아들 녀석이 한 말이 딱 맞습니다. 아주 딱, 맞습니다."

"그 녀석이 뭐라 하는가요?"

"얼굴을 보면, 그냥 아저씨인데, 말씀 하시는거나 행동을 보면 너그러우신 할아버지라고 말예요."

"하하하, 그 녀석 아주 남 다른 감성을 갖였군요."

"제가 보기에도 딱 그런데요…."

"제가 시간 약속이 있어 먼저 일어나야 하겠습니다. 그리고 이거 얼마 안 되지만 내려가면서 차에 기름이라도 넣으십시요."

"아이구 회장님, 이게 무슨 당치 않은 말씀이십니까 기름값이라니요?! 오히려 제가 큰절이라도 올리고 싶은 심정인데요."

"그러지말고 받으세요."

"회장님, 말씀만 들어도 정말 감사합니다."

민정기의 사양하는 자세가 너무도 완강하여 장회장은 하는 수 없이 봉투를 다시 주머니에 넣고 식사 값만 계산하고 모두 밖으로 나왔다.

민정기도 월말이라 바쁘다며, 양지마을로 떠나고 장회장은 오준만을 따로 불러 조용히 말한다.

"모든 것이 낯설어 궁금한 것도 많을 것이고 안정이 안 되겠지만, 무조건 마음 놓고 푹 쉬고, 마음이 안정되면, 그때 앞으로의 일을 상의합시다."

"예, 회장님! 말씀대로 하겠습니다."

그때였다, 어디에 있었는지 금세 운전기사가 차를 몰고 나타나 장회장을 태우고 미끄러지듯 승용차는 사라졌다.

오준만은 언제나 아침 5시 반에서 6시면 일어나던

사랑인데, 오늘은 9시가 넘어서야 겨우 일어났다.

호텔같은 집에서 잠을 잤으나, 이런저런 생각에 잠을 제대로 자지 못했던 것이다. 부인 양씨도 제대로 못 자기는 마찬가지였다.

양씨는 주부인지라, 역시 주방으로 먼저 눈길을 돌린다. 반짝반짝 빛나는 각종 그릇을 보며, 싱크대, 주방 가전 제품들을 하나하나 다시 보며, 이것이 정말 꿈인지 현실인지, 아니면 무슨 마법에 걸려 있는 건지 신기하기만 했다. 언제인지 오준만도 뒤에 나와 있었다. 그러면서 부인을 물끄러미 바라보고 있었다.

"여보, 도대체 이게 어찌된 일이지요?"

"낸들 알겠소···."

그때 현관 벨 소리가 들려왔다. 문을 열어 보니 장회장과 그 부인이 함께 들어온다.

"어서 오세요."

"어제 밤 꿈 좀 잘 꿨나요?"

"예, 아주 잘 잤습니다."

옆에 있는 사람이 장회장 부인이라는 것은 짐작이 되지만, 어딘지 모르게 멋쩍어 하자 장회장은 곧바로 소개한다.

"제 집사람입니다."

소개가 끝나자마자, 오춘만 부부는 고개숙여 서로 인사를 나눈다.

"얘기 많이 들었어요. 이 양반이 아시다시피 피붙이가 없어서 늘 외로운데, 이제 한 가족같이 지내요. 잘 오셨어요."

"예, 감사합니다."

"여보, 어쩌면 이럴 수가 있어요? 한 눈에 봐도 당신과 한 형제 같아요. 인상착의가 너무 같아요."

그 말을 듣자 세 사람은 말없이 미소로 응답한다.

"상진, 상미야, 어서 좀 내려 오너라."

그러자 아이들은 바로 내려왔다.

"인사 드려라, 회장님 사모님 이시다."

"안녕하세요, 저는 오상진입니다."

"저는 상미입니다."

"몇 학년이지?"

"저는 중3 이구요, 상미는 6학년 이에요."

"오, 그래? 얘기 듣기로는, 상진이는 공부도 잘 하고 또 재주도 많다면서? 특히 고장난 가전 제품도 잘 고치고…
그리고 상미는 그림을 그렇게 잘 그린다면서?"
그러자 두 아이는 수줍어하며 씨익 웃는다.
"그래, 우리 한 가족같이 잘 지내자?"
"네, 고맙습니다."
"여보, 나 먼저 가요."
"할아버지 안녕히 가세요."
"오, 그래."
장회장과 오준만은 밖으로 나갔다.
"우리 주방으로 가 볼까요?"
홍여사는 양씨에게 주방 가전제품이나, 그밖에 모든
제품 사용법을 하나 하나 자상하게 가르쳐준다.
기종마다 조작법이 조금씩 다르기에 주의해야 할 점과
안전한 점을 자세히 설명해준다.
"그리고 불편한 점이 있으면 언제든지 연락해요."
"예, 감사합니다."
"그럼 난 가 볼게요, 내가 이 달 말일쯤 독일에 가요.
사위 직장이 독일에 있는데, 딸이 임신 중이어서, 약 6개
월 정도 있다가 올 예정이에요. 그동안 회장님 좀 잘

봐 주세요. 그 양반 외식을 잘 안 해서 특하면 라면이나 끓여 잡수실 텐데, 잘 좀 무탁합니다."

"그런 거라면 조금도 걱정 마세요, 삼시 세끼 다 해드릴 게요."

"네, 고마워요. 그럼 난 가볼게요."

"아니, 점심때가 다 됐는데 식사 하고 가셔야지요."

"제가 다른 볼 일이 있어요."

홍여사는 다음에 또 만나자면서 밖으로 나갔다.

잠시 후에 오준만이 들어오며,

"여보, 아이들 데리고 동네 길도 익힐 겸 시장에 좀 갑시다."

"시장엔 왜요?"

"당신이나 나나, 애들도 그렇구 반반한 옷 하나 없잖소. 날씨도 추워지고, 회장님 체면도 그렇구···."

"그렇긴 한데, 당신 돈 있어요?"

"비싼 것은 곤란하지만, 조금 있으니 갑시다."

민정기한테 빌린 50만 원으로 옷 한 벌씩 사 줄 생각이다. 옷을 사 준다니 상미는 이래저래 좋아서 죽을 지경이다. 지나는 사람한테 시장이 어디냐고 물어물어 옷 가게를 찾아 각자 마음에 드는 옷을 하나씩 샀다.

돌아오는 길에 상진은 상미를 데리고 서점에 들려 동시집 한 권, 동화책 한 권을 사주고, 자기는 가전제품에 관한 이것저것 골라 세 권을 샀다.

집으로 돌아오자 상미는 자기 방으로 들어가 새 옷을 입어보고 거울을 보며 빙그르르 돌아보고 행복한 미소를 짓는다.

꿈에도 생각못한 자기 방이 생겼으니, 그것도 요정이나 인형들이 살 법한 예쁜 방이 생겼으니 행복해 벅찬 마음에 콧노래를 부르며, 오빠가 사준 책을 펼친다.

상진이 역시 방에 들어가자 마자 책을 펼친다. 몇 시간이 흘렀을까. 저녁때가 되어 밥 먹으라고 몇 번을 불러도 대답이 없어. 2층에 올라가 보니 사람이 온 줄도 모르고 열심히 책만 보고 있는 것이다.

"애 상진아 밥 먹고 봐라."

그제서야 상진은 책에서 눈을 떼고 아랫층으로 내려간다. 상진은 밥상에 앉아서도 책을 펼친다.

이튿날 오후만은 심심해서 동네 길도 익힐 겸

회사 건물 주위를 한 바퀴 도는데, 저쪽에서 60대 후반 쯤 되어 보이는 노인이 리어카에 여러가지 고물을 잔뜩 싣고 힘겹게 끌고 오는 것이다. 오준만은 말없이 뒤에서 밀어준다. 그 노인은 뒤 돌아보며,

"뉘신지 고맙습니다."

"예, 어서 가십시요."

실린 물건을 보니, 소형 냉장고, 알 수 없는 녹슨 고철, TV, 라면박스, 책, 등등, 여러가지 고물들이 뒤엉켜 있다. 얼마쯤을 더 가니 세명물산 뒷 편에 난곡고물상 이라는 곳에서 멈추더니 뒤돌아보며,

"아이구, 정말 고맙습니다."

"다 왔습니까?"

"예, 들어가시지요. 커피 한 잔 드시고 가십시오."

"아닙니다. 수고하십시요."

그러나 그 노인은 한사코 등을 떠밀어, 그 성의가 고마워 고물상 안으로 들어갔다. 칠십중반의 노인이 누구냐고 묻자,

"모르는 분인데, 저기서부터 밀어주어 너무 고마워서 커피 한 잔 대접하려구요."

그러자 그 노인은 더 반갑게 맞이해 준다.

"아이구, 이렇게 고마울 수가···."

"우리 사장님 이십니다."

"예, 그러시군요."

"이 동네 사십니까?"

"예, 며칠 전에 이사왔습니다."

"가만, 어디서 많이 본 듯한 느낌이 드는데 혹시, 그쩨께 어떤 할머니 리어카를 앞에서 끌고 오신 분 아니세요?"

"예, 그런 적이 있었지요."

"어쩐지···. 아이구 정이 아주 많으신 분이시네, 이리 좀 앉으십시요."

사장은 초면인데도 불구하고 친분이 두터운 사이처럼 다정히 대하면서 손수 커피를 타준다.

"아이구, 감사합니다."

"그런데 이상하게도 처음 보는 사람 같지가 않아요."

"그러십니까?"

오춘만은 장회장을 보고 나와 비슷해서 그런 것이 아닐까? 하는 생각이 들어, 장회장 이야기를 할까?

하다가, 그냥 모르는 척 하는 게 낫다 싶어 입을 다물었다. 고물 수집원들이 물건을 싣고 하나 둘 들어오는 걸 봐서는 바쁜 시간임에 오준만은 자리에서 일어났다.

"사장님, 커피 잘 마시고 갑니다."

"벌써 가시려구요?" 가끔 시간나면 놀러 오세요."

오준만은 세일물산 건물 주위를 완전히 한 바퀴 돌아 집으로 들어갔다.

한편 상진이는 공부하다 깔고 오손 깊은 생각에 잠겨 있는 듯 사뭇 진지한 표정이다. 그러니까 중학교 3학년 마지막 수업 때, 담임 선생님께서 고등학교 못 가는 학생들 여섯 명을 별도로 모아 놓고 잊지 못할 좋은 말씀이 생각냈던 것이다.

"너희들은 이런저런 사정으로 진학을 못하게 됐지만, 그렇다고 절대로 좌절하거나 기죽어 지내지 마라."

선생님은 잠시 말을 멈추시더니, 학생들 얼굴을 한 사람씩 한 사람씩, 바라 보신다. 그리고 나서 다시 말을 잇는다.

"대학교나 유학을 한다고 해서, 학교 공부만이, 학벌이

인생의 전부가 아니다. 사람은 누구나 한 가지 재주는 다 가지고 있다. 다만 발견을 못했거나, 아직은 그 재주가 나타나지 않았을 뿐이다.

어느 정치인은 선거유세에서 이렇게 말했다. 예수 그리스도께서는 어느 학교를 다녔고, 무슨 대학교를 다녔다는 말은 한 번도 들어보지 못했다. 하지만 세상 사람들은 예수님을 믿고 따르며, 예수님을 닮으려 애를 쓰고 있지 않는가!…

왜 그럴까! 그것은 예수님께서는 세상 사람들 위에 군림하며 섬김을 받으러 오신 것이 아니며, 오히려 인류를 사랑하여 섬기려 오셨기 때문에 일생을 그렇게 사셨기 때문일 것이다.

너희들도 이 다음에 사회에 나아가, 어떻게 살았으며 어떤 보람있는 일을 했느냐 하는 활동 여하에 따라, 아무리 이름 없는 학교를 다녔어도, 그 학교 이름을 빛내줄 수 있지만, 아무리 훌륭한 일류 대학교를 나왔어도 그 대학교가 너희들을 빛내 주지는 않는다."

상진이를 비롯한 여섯 명의 학생들은, 그 어느때보다도 사뭇 진지하게 선생님의 말씀을 듣고 있었다.

"자! 지금부터, 내가 말하는 대로 따라 복창한다."

"목표와 희망이 있는 한 기회는 분명히 온다!"

그러자 학생들이 복창을 하기는 하는데 모기 소리 만큼 작다.

"이놈들아! 목소리가 그게 뭐냐? 그래 가지고 무얼 하겠느냐? 큰 소리로 다시 복창!"

"목표와 희망이 있는 한 기회는 분명히 온다!"

"목표와 희망이 있는 한 기회는 분명히 온다!"

"책은 내 성공의 열쇠다!"

"책은 내 성공의 열쇠다!"

여섯 명의 학생들은 용기내어 큰 소리로 복창했어.

"그래, 좋았어 잘 했다. 너희들 여섯 명은 특별히 내가 기억할 것이며 행운을 빌겠다. 이상."

여기까지 생각한 상진이는 양지마을에서 그냥 살았으면 분명 고등학교도 못 가고 어떻게 되었을지도 모른다. 그러나 다행히도 장회장님을 만나, 고등학교는 다니게 되었지만, 역시 학교가 인생의 전부라고는 생각하지 않는가.

중3때 담임 선생님의 특별한 관심과 제자들의 사

랑을 느끼며, 선생님의 말씀대로 열심히 책을 보며 배우고 익혀 앞으로의 목표와 각오를 다시 한 번 되새기며 다짐해 본다.

이튿 날 상미와 상진이는 회사 내부 구경을 하게 되었다. 여직원의 안내에 따라 다니며 구경하는데 1층은 총무과, 재경과, 기획실, 영업과, 특판실 같은 사무실이고, 2층에는 재단실, 완제품 창고, 그리고 장회장 사무실이 있다.

3층에는 와이셔츠 작업실, 4층은 남방셔츠 작업실이고, 5층은 강당과 그 옆은 휴게실로 사용하고 있다. 2층 재단실에 들어가자, 아이들은 처음 보는 광경에 눈을 동그랗게 뜨고 바라본다.

천용 가위로 자르는 줄 알았는데, 원단을 여러 겹 포개어 놓고, 두부같이 생긴 무거운 쇠덩이로 군데 군데 눌러 놓더니, 스위치를 누르니 위-잉 소리를 내면서 기계가 돌아간다. 자세히 보니 하도 빨라서 잘 알 수 없지만 칼 날 같기도 하고, 무슨 톱 날 같기도 한 것이 위 아래로 올라갔다 내려갔다 하면서 그림이 그려진 대로 잘라 내는 것이다.

3층 재봉 작업실에 들어가 보니, 여기도 눈을 떼지 못할 정도로 놀라웠다. 재봉틀 앞에 앉은 사람들이 대략 60여 명은 되겠는데 모두 하얀 모자를 쓰고 있었고, 나란이 줄을 맞춰 일하고 있었다.

재봉틀 한 대 한 대마다 형광등이 밝게 빛나고 저쪽 끝에서는 손바느질을 하는 사람도 있었다.

4층에 올라가 보니, 여기는 남방셔츠 만드는 작업실인데 50여 명이 일을 하고 있고 모습은 3층과 비슷했다. 마지막 5층으로 올라갔다. 널찍한 강당이 있고 그 옆 공간은 휴게실인데 수백 권의 책과 푹신한 소파도 보이고 바둑판도 보이고 벽에는 아름다운 그림도 여러개 걸려 있다. 여기저기 크고 작은 관상용 나무들이 몇 그루 보이고 창가에는 예쁜 꽃들도 보인다.

그리고 마지막 문을 열어보니, 거기엔 탁구대가 있었다.

"상미, 상진이라고 했지?"

"네에."

"돌아보니 어땠어?"

"처음 보는 광경이라 정말 신기하고 놀라웠어요."

"저는요, 재단할 때 가위로 자르는 줄 알았어요."

"누구든지 처음엔 그렇게 생각하지."

"그리고 저는요, 일하는 사람들이 줄을 딱 맞춰서 일하는 게 너무 보기 좋았어요."

"어쩌면 그렇게 말 없이 열심히 일하는지 어느 한 사람 게으른 사람이 없어 보였어요."

"그렇게 생각하니 고마워."

"오늘 안내해 주셔서 고맙습니다."

한편 오준만은 하는 일 없이 4일째를 맞고 보니 오히려 몸이 쑤시고 아픈 것 같다. 무엇보다도, 하루하루가 지루하고 무슨 일을 하게될지가 궁금하다.

도대체 내가 할 일이 무엇까? 무슨 일을 할 수 있을까? 평생 농사만 짓고 살았으니, 다른 일은 할 수 있는 것이 한 가지도 없을 것 같다.

하다 못해 구멍가게라도 하려면 자본이 있어야 하고 경험도 있어야 할 텐데, 내겐 자본도 경험도 없지 않은가! ‥‥

장회장이 3~4일 후에 보자고 했는데 소식이 있겠지

하고 기다리는데 현관 벨 소리가 들려온다.

반가운 마음에 열어 보니, 역시 장회장이 온 것이다.

" 어서 오세요."

" 잘 쉬었어요?"

" 예."

장회장이 가족 모두 모였으면 좋겠다고하자 오준만은 모두 한자리에 불러 모았다.

" 지금부터 그동안 내가 생각한 것을 말씀 드리겠습니다."

" 여보, 과일이라도 좀 가져오지."

" 아네요, 물 한 잔이면 됩니다."

그러자 양씨는 쟁반에 보리차와 컵을 가져온다.

" 오선생이 우리 회사에서 원하겠다면 얼마든지 가능하지만,‥"

" 저, 회장님! 말씀을 끊어 죄송합니다 만, 오선생이란 말씀은 거두어 주십시요, 당치도 않습니다.

동생도 막내 동생 뻘인데, 그냥 오씨, 그렇게 불러 주시면 정말 제가 편하겠습니다."

" 그렇게 불편했다면 미안합니다. 그럼 편하신

대로 오시라 부르겠습니다."

장회장은 물 한 모금을 마신 후 다시 말을 잇는다.

"오씨께서 우리 회사에서 일을 한다면, 경비나 수위 그것도 아니면 청소같은 허드렛일 뿐인데, 서울에 와서도 남의 집 일이나 한다면, 아무런 보람도 없을 테니 이제는 오씨 자신의 사업을 해야 마땅하겠지요 안 그렇습니까?"

"그야..."

"무슨 사업이냐 하면, 바로 회사 뒤에 고물상이 하나 있는데, 그 고물상 주인이 올해 77세의 노인인데 2,3 명의 고물 수집원을 두고 12년째 영업을 하고 있다. 그 노인은, 그러니까 65세에 처음 시작해서 8년만에 자그마한 아파트 한 채를 장만 했으니, 비교적 돈 벌이가 괜찮은 사업이니 그 사업을 오씨가 했으면 하는 겁니다."

"무슨 일이든지 열심히 하겠습니다."

"그래요, 잘 생각했어요. 사실 좋은 사업이지요. 아무도 그 일을 하지 않는다면, 어떻게 되겠어요 쓰레기로 버린 물건을 재생산하니, 쓰레기도 없애고

자원도 아끼는 것이니 얼마나 좋은 사업입니까?"

"예, 그렇습니다."

" 그럼 오세는 결정 됐고, 아주머니는 우리 구내 식당에서 일 해 주시면 어떨까 합니다. 직원이 백명이 넘는데 점심 한 끼는 모두 구내 식당에서 식사를 합니다. 현재 4 명이 하고 있는데 너무 바빠서 아주머니께서 도와주셨으면 합니다."

" 예, 식당 일이라면 제가 할만 합니다."

" 힘드실 겁니다."

" 점심 한 낀데, 얼마나 힘들겠어요. 그리고 평생 주방일만 했는데요."

" 예, 고맙습니다. 그리고 상진이 상미는 무조건 공부 열심히 하면 뭐겠지?"

상미는 말이 떨어지자마자, 네 하고 대답했는데 상진이는 대답이 없다.

" 상진이는 어째 대답이 없지?"

" 할아버지! 저는 공부보다는 일을 하겠습니다."

" 뭐라고?! 일을 하겠다고?"

의외의 대답에 모두 놀라는 기색이었다.

"아니! 상진아, 무슨 일을 하겠다는 거냐?"

"고장난 가전제품 고치는 기술이요."

"그럼 대학교는?"

"꼭 대학교를 다녀야 할 필요는 없다고 생각됩니다."

"혹시 등록금 같은 것이 걱정 돼서 그러는 거냐? 돈걱정은 하지 마라, 할아버지가 모든 걸 책임질 테니까 알았지?"

"감사합니다. 그렇지만 저는 대학교보다는 가전제품 고치는 A/S 센터에 취직시켜 주십시오."

"허허 상진아, 이게 무슨 소리냐, 수석이가 그러는데 너는 어쩌다 2등이고 항상 1등만 했다면서? 그렇게 공부를 잘 하면서 공부를 포기한단 말이야?"

"시골 작은 학교에서 1-2등은 대단한 일이 아니라고 생각합니다. 일류 대학을 가는 것이 하늘의 별따기처럼 어렵겠지만, 자신이 없다기보다는 대학을 나왔어도 취직을 못해 절절매는 것을 보면 참으로 안타까운 일이라 생각합니다."

장회장은 상진이의 자세와 표정을 자세히 관찰

해 보니, 비록 나이는 어리지만 그 표정과 말씨에서 대단한 굳은 결심과 진정성을 엿 볼 수 있었기에, 강압적으로 상진이의 뜻과 의지를 무시할 수가 없었다.

"그래, 그렇다면 상진이의 뜻을 존중해 주는 의미에서 일단은 할아버지의 생각도 보류하고 좀 더 깊히 생각해 보자, 어때 그게 좋겠지?"

"네."

"상미는 다른 의견 없지?"

"네에."

"그럼 상진이 상미는 나가도 좋아."

그러자 아이들은 일어나 자기 방으로 들어갔다.

"자, 그러면 월요일부터 아주머니는 식당에서 오세는 고물상 일을 시작하는 겁니다."

"그런데 회장님! 그 고물상 일이 제 사업이라고 말씀 하셨는지요?"

"그래요, 직원이 아니라, 오씨가 이제는 사장이 되는 겁니다."

"아니… 자본도, 경험도 없이…."

"차차 얘기하려 했는데, 조금 더 자세히 얘기하지요."

고물상 건물과 땅이 모두 장회장이 소유주다. 12년 전 현재의 고물상 사장인 최정우에게 세를 주어 영업을 하고 있는데, 처음엔 서너 명의 수집원으로 시작하여 지금은 23명으로 성장했다.

그런데 그 최사장이 당뇨와 신장이 좋지않아 가족들은 제발 이제는 일 좀 그만하라고 야단이다.

거기다 77세의 노인이라, 병원에 다니는 날이 점점 많아지니 더 이상 운영할 수 없어, 모든 것을 장회장에게 넘겨주게 된 것이다.

"사정이 대충 이러하니, 아무 걱정 말고 열심히 한 번 해봐요."

"그러나 전혀 경험도 없이 어떻게···."

"그거야 현 최사장이 당분간 같이 일하면서 모든 업무를 가르쳐주기로 했으니까, 걱정 없고 나도 뒤에서 도와줄테니 걱정 말아요."

"그런데, 회장님!···."

"······."

"저하고는 아무런 관계도 없고, 한 핏줄을 나

132

눈 형제도 아니고, 그렇다고 회장님께서 제게 신세 진 일도 없으신데, 어떻게 이렇게 크나큰 은혜를 베푸시는지요?"

"그래요, 궁금하겠지요, 사실대로 말 하리다."

장회장은 물 한 모금 마시고 나서, 창가를 한 번 쳐다 보며 깊은 생각에 빠지는 듯······

어딘지 모르게 조금은 슬퍼지는 표정이다.

장순덕 (장회장) 의 과거를 아는 사람은 한 사람도 없다. 45년 전 장회장 순덕이는 다리 밑에서 거적을 둘러치고 거지들 5명과 함께 살았다.

그러니까 순덕이가 여섯살 때, 엄마는 동생을 낳다가 돌아가셨다. 아버지는 누군지도 모르고 본 일도 없다. 너무도 어린 나이라 기억나는 것이 별로 없지만 때가 되면 이집 저집 깡통을 들고 밥을 얻으려 돌아다닌 것은 또렷이 기억난다.

겨울에는 얻어 온 밥이 식거나 금세 얼어버려 데워 먹어야 하기때문에 불을 때야하는데 나무가 없다. 그러면 나보다 조금 큰 형들이 나무를 해 오라고 순덕이를 밖으로 내 쫓는다. 쫓겨난 순덕이는 울며 울면서 여기저기 나무를 찾아보지만 쉽사리 땔나무가 없어 남의 집 헛간에 모아둔 나무를 훔치다 들켜 호되게 야단 맞은적도, 한두 번이 아니었다.

밤이면 더 추워서 잠을 잘 수 없어서 어른 아저씨 품으로 파고들어 겨우 잠을 잘 수 있었고, 손 발이 얼어 터져 피가 나고 거기다 동상에 걸려 어린 나이에 얼마나 고생을 했던가!……

그렇게 살다가 어느 초 여름 날 이었다. 동네 이장은 순덕의 손을 잡고, 동네 어느 아줌마는 동생을 업고 어디론가 가고 있었다.

얼마쯤 걸어가니, 넝쿨 장미가 만발한. 그러나 집은 허름한 2층 집이 보인다. 대문 위로는 "즐거운 집" 이라는 간판이 걸려 있는데, 부산의 어느 변두리 빈민촌에 있는 고아원 이었다.

현관에서 초인종을 누르니, 어느 아주머니가 문을 열어준다.

"이장님, 어서 오세요."

"그동안 별 일 없으시죠?"

134

"그럼요."

"원장님 계십니까?"

"예, 방금 들어 오셨어요."

2층으로 올라가 원장실에 들어서니 원장이 반갑게 맞이한다.

"어이구! 이장님 어서 오세요."

"늘 바쁘시지요?"

"예, 5월이라 그런지 무슨 행사도 많고 바쁘군요. 이 아이들이 지난 번에 얘기했던, 그 아이들인가요?"

"예, 그렇습니다."

"어디 보자, 아이구 아주 순하고 잘 생겼구나! 이름이 뭐지?"

"장순덕이에요."

"장순덕! 이름도 참 좋은 이름이구나."

"거기다 아주 영리하고 똑똑한 아이예요."

"정말 그렇게 생겼어요. 그리고 이 아가가 순덕이 동생인가요?"

"네 그렇습니다."

"이 아이들 부모는 알아 보셨나요?"

"웬걸이요, 같이 살았던 두 사람의 주장이 서로 다르니 알 수가 없었어요. 한 사람은 장필수가 틀림 없다 하고, 또 한 사람은, 절대 그 사람이 아니라 하니 두 사람 모두 확실한 증거가 없어, 단정할 수가 없는 노릇이지요."

"그럼, 그 장필수라는 사람은 만나 보셨나요?"

"오년 전에 헤어져 행방을 모른답니다."

"그럼 이 두 아이의 엄마는 같은 사람인가요?"

"예, 그 사람들 얘기를 자세히 추측해 보면 같은 사람일 가능성이 매우 높았습니다."

"그렇다면 할 수 없군요. 알 수 없는 일를 여기서 의논해 봤자, 공론일테고 소용 없는 일 이니까, 이 아기 이름이나 지어야 겠어요. 여기 서류에 기재해야 하니까요."

"그럼, 원장님께서 이름을 지어 주시지요."

"그럴까요, 형이 장순덕이니까, - 음 - 장영덕 이라고 지으면 어떨까요?"

"예, 그 이름이 좋은데요!"

그렇게하여 동생 이름은, 장영덕 으로 결정 짓고 서류에 그렇게 써 넣었다.

136

"이장님, 여기 서명 좀 해 주시지요."

"네."

"아주머님도 해 주시구요."

"예."

이렇게 두 사람 서명으로 서류상 일은 끝냈다.

"이거 이장님도 농사 지으랴, 동네 일 보시랴 바쁘실텐데, 우리 고아원 일도 여러가지로 도와 주시니 참으로 감사합니다."

"아이구, 별 말씀 다 하십니다."

"자, 그럼 안녕히 가십시요."

이렇게 하여 두 아이들은 운 좋게도 고아원에서 살게 되었다.

순덕이와 영덕이 형제가 고아원에서 지낸지가 벌써 몇 년이 흘러, 순덕이가 15세, 영덕이가 8세가 되어 영덕이는 초등학교에 입학하게 되었고, 순덕이 나이는 실제로는 17세 인데 출생 신고가 늦어 15세로 되어있어.

그동안 부모님이 없다는 서러움 말고는 별 다른 고통 없이 지냈지만, 이제 순덕이는 이 고아원에서 살수 없게 되었다. 이제 초등학교 과정을 마치고 중학교를 가 야 할 나이에 더 이상 공부할 수가 없게 되었다.

고아원 재정이 너무도 열악하여 15세가 되면 사회 에 나가서 일을 해야만 했다.

그러나 일자리를 어디 그렇게 쉽게 구할 수가 있겠 는가. 그러나 순덕이는 원래 성품이 착하고 성실해서 고아원에서 인기가 많고, 또한 원장에게도 크게 신임 을 얻은지라 원장이 적극적으로 도와준 덕분에 양복 점에 취직할 수 있었다.

그곳에서 순덕은 바지, 와이셔츠, 남방셔츠, 기술을 열심히 배우는 과정이기에, 동생 영덕이와는 한 달에 한 번 아니면, 두 번 정도밖에 만날 수 없었다.

동생은 거의 매일 울면서 지내다가, 어쩌다 형을 만나 면 그렇게 즐겁고 행복하다가, 형이 가야할 시간이 되면 바지가랑이를 붙잡고 가지 말라고 울면서 애원하곤 했었다.

그렇게, 그렇게 세월은 흘러 조금씩 철이 들어감에 따라 울음도 줄었지만, 초등학교를 졸업하면 동생 마 저도 고아원을 나와야 하는 15살 대, 그렇게도 동생을 피롭했던 기침이 결국엔 폐렴이 되어 15살 어린 나이에 세상을 떠나고 말았다.

세상에 피붙이라고는 단 하나뿐인 동생이 사라졌으니 순덕의 마음은 하늘이 무너지는 것 같았다.

하늘이 원망스럽고, 세상이 원망스러웠다.

그러나 순덕은 이를 악물고 열심히 살았다.

쉬는 날 직장 동료들은 영화보러 극장도 가고, 야외로 놀러도 가지만, 순덕이는 그런 시간에도 열심히 기술을 익히고 책도 보면서, 모르는 것은 지나가는 중학생이나 고등학생들한테도 가르쳐 달라며 배우고, 한자같은 것은 이웃 어른들께 배우며 뭐든지 열심히, 열심히 배워 실력을 쌓아 갔다.

그렇게 노력한 덕분에 오늘날 세원물산이라는 튼튼한 중소기업을 이룩하게 된 것이다.

그러나 때때로 외로움을 느끼고, 동생이 생각날 때면 가슴이 울컥거리며 눈물이 젖어들 때가 한두 번이 아니었다. 그렇게 외롭고 괴로울땐, 훌쩍 낚시를 하러 다니다가 양지마을에서, 오준만을 만났을 때, 그 순간부터 동생을 보는 듯한 착각을 일으키는 것이다.

만나면 만날수록 동생같은 생각이 점점 깊어지는데 이제는 상진이 녀석까지 장순덕의 마음을 빼앗어가고 있는 것이다.

그런데 바로, 그때였다.

갑자기 무엇인가 폭발적으로 격하게 우는 소리가 들려 깜짝놀라 앞을 보니, 세상에 이럴 수가 있는가! 전혀 생각하지도, 예상하지도 못한 광경이 벌어지고 만 것이다.

오준만이 소낙비같은 눈물을 뚝뚝 흘리며 소리내어 울고 있는 것이 아닌가!‥‥.

근 20여 년을 살아온 부인 양씨도 남편이 이처럼 우는 것은 처음 보는 일이라서, 그 놀라움을 감출 길 없어, 그저 멍하니 바라보고만 있을 뿐이었다.

아이들도 놀라서 뛰어 내려 오더니, 그냥 그 자리에 멈춰 버리고, 장회장 역시 아무런 말도 못하고 바라만 보고 있을뿐이다.

"이보게 오씨!‥‥, 오씨! 왜 그래? 왜 그러는 거냐구?‥‥‥."

"회장님! 회장님! …."

"말해봐…, 어서 말해 보라니까…."

"저도 부모님이 누군지 살아 계신지, 돌아가셨는
지도 모르고, 고향이 어딘지도 모르고, 형이나 동생
이 있는지 없는지, 아무것도 모릅니다…."

모두들 아무말이 없다. 다만 울음 소리만 들릴 뿐
이다. 부인도 울고, 아이들도 울고, 장회장도 소리 없
는 눈물만 주르르 흘리더니, 갑자기 오춘만의 두
손을 꽉 잡으며 말한다.

"자네는 분명 내 동생일세…, 그러니 당장
나를 형이라 부르게나!"

오춘만은 그 소리를 듣고 겨우 울음은 그쳤으나 대
답은 하지 않았다.

"왜 대답이 없는가? 왜 대답이 없는 거냐?"

"……."

"내가 형 자격이 없는 거야? 그런 거냐구?"

"무슨 말씀이세요, 저같이 이렇게 못난 사람이 동
생이라면 회장님 체면이…."

"무슨 소린가! 자네만큼 정신이 올바른 사람도 드

울고, 자네만큼 가슴이 따뜻한 사람도 드므네, 어디에 내놓아도 내 동생으로서 자랑스럽네, 내가 부족하면 부족하지···.”

“저도 그런 생각이 들었습니다. 저분이 혹시 내 형님이 아닐까!?···, 하는 생각이 들 때도 있었지만, 감히 말을 할 수가 없었지요.”

“그러니까, 형님 하고 불러 보게 어서!···.”

“형님!”

장회장과 오준만은 누가 먼저랄 것도 없이 동시에 벌떡 일어나 뜨겁고 힘차게 와락 끌어 안았다. 끌어안는 모습을 보자, 부인이나 아이들 울음소리는 더욱 커진다.

부인은 울면서도 휴지 두 장을 뽑아 한 사람씩 주자, 장회장은 오준만의 눈물을 닦아주고, 오준만은 장회장의 눈물을 닦아준다.

부인은 자기도 울면서, 아이들의 눈물을 닦아 주는데 상진, 상미의 울음 소리는 오히려 더욱 커진다.

오준만은 그제서야, 제 정신을 찾은 듯 상진, 상미의 어깨를 껴 안고 등을 토닥여준다.

142

어떻게 이럴 수가 있는가. 오준만도 어렸을 적 다
리 밑에서 거지들과 함께 살았었고, 아침 저녁때
가 되면 밥을 얻어 먹으러 이집저집을 찾아 다녀
야 했었다. 그러다 우연히 마달수네집 일을 하게
되었는데 마달수 눈에 들어 아예 그 집 일을 하게
되어 그때부터 머슴살이가 시작 되었던 것이다.

그러니까 오준만은 15살에 머슴살이가 시작 되었고
장회장 동생, 장영덕은, 15살에 세상을 떠났던 것
이다. 지금 살아 있다면 오준만과 같은, 마흔다섯
살 되었을 것이다.

인연은 무럭무럭

세일물산 총무과 여직원이 양씨와 같이 식당으로 가서 직원들에게 양씨를 소개했다.

"안녕하세요, 오늘부터 새 식구 한 분이 오셨습니다."

그러자 직원들은 잠시 일 손을 놓고 양씨를 바라본다.

"처음 뵙겠습니다. 부족한 점이 많더라도 잘 봐 주세요."

"예, 반갑습니다."

모두 박수로 환영해 준다. 이렇게 해서 식당에는 영양사, 주방장, 찬모 조명, 그리고 양씨까지 모두 5명이 일하게 되었다.

한편 오후에는, 난곡 고물상의 사장 이취임식을 간단하게나마 갖기로 했다.

그러기에 전직원을 만나기 전에, 현 최사장과 신임 오준만 사장의 인사를 나누기 위해 장회장과 오준만이 고물상으로 온 것이다.

"최사장님, 안녕하십니까?"

"아이구, 회장님 어서 오십시요."

144

최사장은 뒤에 따라오는 오준만을 보자, 의외라는 듯 약간 놀라는 기색이였다.

"아이구, 이거 자주 만납니다."

그러자 장회장도 약간 놀라며 양쪽을 번갈아 바라본다.

"아니! 두 분이 서로 아시는 사이신가요?"

"그럼요, 저 분 참 좋은 사람이지요."

"그러면 소개할 필요도 없겠군요."

"아이구, 그래도 통성명은 하고 또 회장님이 마땅히 계셔야지요."

"인사 드리게, 여기 최사장님이시네."

"반갑습니다. 오준만이라 합니다."

"최정우라 합니다."

장회장은 사방을 둘러보더니 물건이 엄청나게 많이 쌓인 것을 보고 놀라듯 말한다.

"어이구! 이거 물건이 엄청 납니다."

"이게 모두 회장님 덕분입니다. 그런데 두 분은 어떤 사이 이신지요?"

"제 아우입니다."

"어쩐지, 회장님 닮은 데가 있다 했지요."

아우라고 공식적으로 떳떳하게 소개하는 것으로 보아 장회장의 진정성을 확인할 수 있음에 오준만은 매우 기뻤다.

"그런데 내 아우하고는 언제부터 아는 사이신가요?"

"그게 그러니까, 요 며칠 전에 전혀 알지도 못하는 이 오선생께서 리어카를 끌고 우리 고물상으로 오지 않겠어요."

"아니, 이 사람이 리어카에 고물을 싣고 왔다구요?"

"우리 직원중에 남씨라는 할머니가 있는데, 올해 74세지요, 저기 약국에서 이발소까지 약간 언덕이잖아요? 그러니 그 할머니가 얼마나 힘들겠어요. 그걸 보고 이 오선생이 대신 리어카를 끌고 왔던 거죠."

"그런 일이 있었군요. 이 동생이 원래 그래요, 남이라도 힘들어하거나, 어려운 처지에 있는 걸 못 본 체하지를 못한답니다."

"그것마저 회장님을 닮았군요."

"저는 이 동생 반도 못따라 갑니다."

"제가 이 사업을 할 때 처음에 얼마나 어려웠습니까. 그때

마아 회장님이 위로해 주시면서 집세도 깎아주시고 했잖습니까. 회장님 은혜 잊지 못하지요."

"별 말씀 다 하십니다. 아무튼 이 동생이 처음이라 잘 모르니 잘 가르쳐 주십시요."

"여부가 있겠습니까. 조금도 걱정 마십시요."

"그럼 사장님만 믿고 가겠습니다."

"예 살펴 가십시요."

장회장이 나가자 최사장은 책상 서랍을 열고 두툼한 책을 꺼내 보여주며, 기본적인 업무를 가르쳐 준다. 책을 펼쳐 보니 각종 고물의 종류와 1Kg당 가격이 적혀 있고 고물 종류의 이름들이 빼곡히 적혀 있다.

일반고철, 전자렌지, 고서적, 종이상자, 신문지, 헌책, 폐지 가느렌지, 구리, 납, 선풍기, 다리미, 도자기, 민화, 의류, 등등. 이름도 처음 들어보는, 별의 별 희한한 물건들의 명칭이 세밀하게 적혀 있었다.

"그런데, 아무것도 모르는 제가 사장님께서 이룩해 놓은 이 사업을 잘 할 수 있을지 걱정입니다."

"걱정 말아요. 나도 처음엔 아무것도 몰랐으니까."

사실 최사장도 처음 1년여 동안은 고전을 면치 못하였다. 창고가 68평인데, 한 쪽 귀퉁이를 막아 3평 정도는 사무실로 쓰고, 앞 마당 공터가 75평 합계 143평이니, 꽤나 넓은 평수다.

거기다 위치적으로 교통이 좋은 편인데도 보증금과 월세가 다른곳에 비해, 엄청 좋은 조건인데도, 집세를 제대로 내지 못하자 장회장은 인정을 베풀어 30%씩이나 내려주어 큰 힘이 되었다. 그러다 2년째 접어들면서 조금씩 형편이 좋아져 양심상 월세를 올려 드린다니까, 장회장님께서 하시는 말씀이, 걱정하지 말라면서 글쎄, 3년이나 올려 받지 않으셨지요.

그러면서 하시는 말씀이! '빨리 돈 벌어서 집 한 채 장만하라고 오히려 용기를 주시곤 했지요.

그 후로, 8년 만에 회장님 말씀대로 조그마한 아파트 한 채를 장만했습니다. 정말 고마운 분이지요.

이런 얘기로 시간이 꽤 흘렀다.

수집원 직원들이 하나 둘 들어오더니, 오후 5시쯤 되자 23명 전원이 한 자리에 모였다. 그러자 최사장이 앞으로 나와 말한다.

"지난 주에 여러분께 말씀 드린대로, 오늘을 끝으로 저는 이 사업을 그만두기로 했습니다.

여러분께서 잘 알고 계시다시피 건강이 좋지 않아 더 이상은 무리가 아닌가 싶습니다.

그동안 여러분께서는 내 집 일처럼 열심히 도와 주셨기에, 오늘 날 이만큼 성장했다고 믿기에 진심으로 감사의 말씀을 드립니다.

앞으로 제가 없으라도, 새로 오시는 경영주를 잘 도와 주시어 지금보다도 더 크게 번영하시길 바라며

여러분들도 건강히 행복하시길 바랍니다.

그러면 앞으로 이 사업을 맡아 주실 분을 소개 하겠습니다."

최사장은 약간의 눈사울이 뜨거워 지는 듯, 고개를 잠시 숙이더니 오춘만을 바라보며 말한다.

"이쪽으로 오시지요."

오춘만은 의자에서 일어나 최사장 옆으로 다가섰다.

"한 말씀 하시지요."

"여러분! 반갑습니다. 저는 오춘만이라 합니다.

잠깐 머뭇거리다 다시 말을 잇는다.

"사실 저는 걱정이 앞섭니다. 지금까지 최사장 님께서 이렇게 훌륭하게 경영해 오셨는데, 과연 제가 잘 해낼지 그것이 걱정입니다.

그리고 또, 한 가지 걱정은 (양손을 들어 올리며) 세상 물정이라고는, 아는 것이 요 열 손가락을 꼽을까 말까 하는데, 모르는 것은, 수천 가지나 되니 참으로 걱정입니다."

그러자, 맘씨 좋고 입담 좋은 어느 직원이 한 마디 한다.

"사장님, 그건 저하고 똑같은데요!"

악의없이 익살스럽게 너스레를 떨자, 모두 한바탕 웃음소리가 여기저기에서 터져나왔다.

"아이쿠, 다행입니다. 동지가 있어서, 그럼 저하고 따로 만나 내기라도 한 번해야 겠네요. 누가 모르는 것이 더 많은지···."

"좋습니다. 내기는 뭘로 할까요?"

"그야 삼겹살 한 점에 막걸리 한 사발이 어떨까요?"

"좋지요."

세상에 별 내기가 다 있다며 모두들 웃어 제친다.

사장 이취임식 치고는 참으로 별나고 이상한 것 같지만 한층 가볍고 화기애애한 분위기는 분명했다.

"여러분! 웃어 주셔서 정말 고맙습니다. 그런데요, 조금은 제가 잘 아는 것이 하나 있습니다. 그것이 뭐냐하면! 힘들고 고생하는 사람들의 마음을 잘 압니다.

그래서 저는 여러분들의 수고와 고생을, 아주 조금이라도 덜어 드리는 데에 힘을 쓸것입니다.

그러니 여러분은 저의 부족한 점을 잘 도와주시고, 여러분은 여러분들끼리 서로 도와 주면서, 서로 가족같이 지금보다 더 좋은 사이가 되셨으면 하는 것이, 저의 소원입니다. 미흡하지만 이것으로 인사 말씀을 맺겠습니다."

신임 오사장의 인삿말이 끝나자마자, 우레와 같은 박수 소리가 소나기처럼 빗발친다. 전원이 어느 한 사람 박수치지 않은 사람이 없었다.

그러면서 자기들끼리 고개를 끄덕, 끄덕이며 수근수근 긍정적이며 만족해 하는 빛이 역력했다.

이어서 막걸리 잔치가 벌어졌다. 삶은 돼지고기와 배추 겉절이에 국수, 소주나 막걸리 한 잔씩 나누며 무르익은 분위기 속에, 사장 이취임식은 이렇게 끝났다.

굳은 결심

세월은 유수와 같다고 했던가!

오춘만이 고물상을 운영한지도 어느덧 3년이란 세월이 흘렀다. 처음엔 그렇게도 어려웠던 업무도 이제는 능숙하게 잘 처리하여, 다행이도 사업은 그런대로 잘 되고있다. 그것은 오춘만의 타고 난 따뜻한 인간성과 근면 성실함의 결과일 것이다.

한편 식당에서 일 하는 양씨 또한 남편 못지 않은 따뜻한 인간미와 성실함은 누구나 인정하고, 거기다 음식 솜씨는 모든 사람들이 한결같이 칭찬이 자자하여.

그런 결과 지금은 주방장이 되어, 이제 식당에서는 없어서는 안 될만큼 꼭 필요한 인물이 되어 있었다.

상진이는 고3이 되어 아빠보다도 훌쩍 크게 자랐고 상미도 역시나 엄마보다도, 한 뼘 정도는 크게 자란 중학교 3학년이 되었다.

지금 장회장은 사무실에서 상진이와 마주앉아 다시 한 번 상진이의 진로 문제를 상의하고 있다.

152

"상진아, 지금도 취직하겠다는 생각은 변함 없는 거냐?"
"네에."

상진은 조금도 흔들림 없이 단호하게 대답했다.
"남들은 다 대학가서 출세하고 싶어하는데, 너는 왜! 취직을 하겠다는 거지?"

"저는 어려서부터 호기심 가는 물건은 뜯어보고 싶고 고장난 물건을 고치면, 그렇게도 기쁘고, 고장난 물건의 주인이 그렇게 좋아하고 기뻐하는 그 자체가 저는 행복합니다. 그러니까, 상대가 기쁘고 내가 행복하면 그 이상 바랄 것이 없다고 생각합니다."

장회장은 상진이의 표정과 한 마디 한 마디의 말을 주의 깊게 관찰하며 진지하게 듣고있다.
"그래서 결론은 대학교보다는 취직을 하겠다?!"
"네에, 그래서 언젠가는 내 손으로 직접 가전 제품들을 처음부터 완제품까지 만들어 내는 것이 꿈입니다."
"그렇다면 그럴수록 더 열심히 공부해야 하는 거 아닌가?"
"공부는 죽을 때까지 하는 거라고 선생님이나 어른들께 많이 들었습니다. 꼭 영어나 수학이나, 학교 공부만 공부는 아니라고 생각합니다."

장회장 자신도 어렸을적 모르는 영어는 지나가는 학생들한테도 배우고, 모르는 한자는 어른들께 배우며 자신이 책을 보면서 실력을 쌓지 않았는가····.

또한 국민학교밖에 다니지 못했기에 상진이에게 굳이 학교 공부만 강요하고 싶지는 않았다.

상진이가 비록 어린 나이지만, 나이에 비해 생각이 깊고 그 의지가 강하고 확고하기에 더욱 그런 생각이 들었다. 어떻게 보면, 내 자신과 비슷한 전철을 밟고 있는 듯 싶어, 연민의 정을 느끼며, 더욱 깊은 신뢰감과 애정이 생긴다.

"그래, 우리 상진이 생각이 기특하고 대견하여. 가자!"

"어디를 요?"

"이녀석아 어딘 어디냐? 너 취직시켜 달라고 했잖아!"

"지금 당장요!?"

"그래, 어서 일어나."

"네! 할아버지 감사합니다."

"오늘부터는, 분명히 큰아빠다 알았지?"

"큰아빠요?"

"그래 네 아빠하고 나하고 형제가 되었으니 당연히

큰아빠 아니냐?"

"네 할아···. 아니 큰아빠···."

장회장은 상진이의 등을 사랑스럽게 두드리며
밖으로 나와 승용차를 타고 에어컨 A/S 전문 업체로
떠났다.

4월 중순경의 어느 일요일이다.

"상진아, 전화 받아라 수석이다."

수석이라는 말에 보던 책을 덮고, 너무도 반가워 계단을
딛어 내려가다, 넘어져 하마터면 큰 사고가 날 뻔했다.

"아이고 놀래라 괜찮니?"

"네 괜찮아요, 아! 수석아 요즈음 어떻게 지내니?
학교생활은 어떻고···."

"그저 그렇지 뭐, 그런데 우리 아빠가 그러시는데 너희
집 호텔이라며? 방도 4개나 되고 에어컨도 있다면서?
너 정말 좋겠다."

"그래 좋아, 그런데 친구들 모두 잘 있지?"

"다 잘 있는데, 광우 걔 정말 문제야, 걔 정확 맞
어 내 그럴줄 알았다니까···."

"정학! 왜?"

"담배를 엄청 많이 피워, 그래서 여러번 들켰는데 거기다 툭하면 애를 때리고, 요 며칠전에는 만석이를 때려서 부모님들까지도 싸움이 벌어졌는데 경찰이 오고, 야! 말도 마라...."

"만석이하고는 친하잖아?"

"이유는 만석이가 배신했다는 거야, 이런저런 일로 맨날 사고만 쳐서 정학당한 거야."

"그런데 성길이는 어떻게 된 거니? 아무리 전화해도 불통이야."

"정말 성길이 때문에 걱정이다. 할아버지 건강이 점점 나빠지니까 성길이가 돕지 않으면 안 되거든, 그러다보니 학교 결석이 너무 많고 성적은 엉망이고 사기가 있는 대로 떨어져 이제는 친구를 만나는 것도 싫다는 거야."

"그런데 전화는 왜 안 되는 거지?"

"전화 요금을 내지 못해 끊겼대나 봐."

그 얘기를 듣자 상진이의 가슴은 철렁! 무너져 내리는 것 같았다. 눈물이 핑 고인다.

"야, 상진아 듣고 있니?"

"……말…해…봐…."

"너 우는 거지?…

"…아…냐…."

"나도 재미 하나도 없어, 너한테 가고 싶다."

"무슨 소리냐 넌 끝까지 공부해야지."

"그런데 상진아, 나보다도 성관이가 급하다. 어떻게 좀 데려갈 수 없니? 그리고 그 다음에는 나도, 우린 삼총사 잖아!"

"그렇게 될 날이 있겠지."

"아, 그리고 그때 미꾸라지 같이 잡았던 할아버지 잘 계시지? 보고 싶다."

"응 잘 계셔. 여름 방학 때 한 번 놀러와."

"그래 그래 그때 꼭 갈게."

그때 수석이 엄마의 목소리가 가늘게 들려온다.

'무슨 전화를 그렇게 오래 쓰냐.'

"수석아 우리 다음에 또 통화하자. 나 빨리 나가야 돼, 그리고 성관이 보고 나한테 전화 좀 꼭 하라고 말해줘 부탁한다."

"그래 알았어."

상진이는 수화기를 내려 놓고 멍하니 천장만 바라보고 있었다. 성길아 용기 잃지마, 하늘이 무너져도 솟아날 구멍은 있다고 했다.

퇴근할 무렵이다. 전화벨 소리가 울려 수화기를 들었다.

"예, 장순덕 입니다."

"회장님 안녕하십니까?"

"아이구, 한사장님!"

"오상진 이녀석 아주 대단한 녀석입니다."

"왜요! 무슨일이 있었습니까?"

"오늘이 급여 날이라 많이 주지는 못해도 조금이나마 봉투에 넣어 주었더니, 글쎄 절대 받을수 없다는 거지 뭡니까."

"아니, 무슨 월급을 줍니까? 필요하지도 않는 것 같은데 채용해 주신 것만도 고마운데."

"그건 아닙니다. 제가 필요해서 채용했지, 그래서 못 받겠다는 이유가 뭐냐고 물었더니, 회장님이 절대로

158

받지 말라고 그랬다는 겁니다. 회장님, 그냥 용돈 정도니까 받으라고 하십시요. 상진이 바꿔 드리겠습니다."

"전화 바꿨습니다."

"상진아, 한 번 더 사양했다가, 그래도 주면 고맙다하고 받아라 알았지? 그리고 사장님 바꿔라."

"여보세요. 회장님 상진이 이녀석 제가 탐이 나는 녀석이라 계속 데리고 있겠습니다. 그리고 불원간 정식 직원으로 채용하겠습니다."

"예 예 감사합니다."

"사무실, 창고, 심지어는 가게앞 길거리까지 청소는 도맡아 하구요, 눈치가 어찌나 빠른지 척척입니다.

이것저것 눈치 봐서 할 일이 없다 싶으면, 책을 보면서 부속품 하나 하나 대조해 보면서 묻고 또 묻고, 이녀석 보통 녀석이 아니던데요, 보통애들 2~3년 걸려야 하는 걸 이녀석은 1년 이내에 할 것 같던데요."

"마음에 드신다니, 다행입니다. 잘 좀 가르쳐 주십시요."

"예, 알겠습니다."

전화를 끊고 가만이 생각해 보니, 요즈음은 오춘만도 오춘만 이지만, 오히려 상진이 녀석한테 더욱 마음을 빼앗기는 것 같았다.

어찌 보면 늦둥이 아들같고, 어찌 보면 일찍 본 손자 같기도 하다.

퇴근하려고 자리에서 일어서는데, 또 전화벨이 울려 받아 보니, 독일에 가 있는 부인한테서 걸려온 전화다.

"아, 당신이요? 아기 낳았어요?"

"아직 2~3일 더 있어야 한데요."

"사위랑 소연이도 아무 일 없구?"

"모두 잘 있으니 걱정마시고, 끼니 거르지 말고 잘 챙겨 드세요."

"걱정 말아요, 상진 엄마 음식 솜씨가 어찌나 좋은지 안 먹을 수 없으니 걱정 말고 잘 있다 와요."

"잘 됐어요. 당신 외식 좋아하지 않는데 마음이 놓이네요. 끊을게요."

전화를 끊고 상진네 집으로 저녁을 먹으러 내려가 벨을 누르니 상미가 냉큼 열어준다.

"큰아빠, 어서 오세요."

"어서 오세요 형님."

가족들이 진심으로 반겨 주는 정스럽고 따뜻한 음성에

정이 퐁퐁 솟아 나는 듯, 제3자 누가 들어도 느낄 수 없는 그런 분위기이다.

세상에 태어나, 상거래나, 체면이나, 공적이 아닌 사적으로 이렇게 따뜻한 대접을 받기는 처음이라고 느껴진다.

식탁을 보니 식사 준비는 다 된 듯 싶은데, 상진이가 보이지 않는다.

"오빠는 아직 안 왔니?"

"평소같으면 벌써 왔을텐데 오늘은 이상하네요."

가족들보다 장회장이 더 궁금한 듯 자꾸 시계를 본다. 그러자 오춘만이 한 마디 한다.

"여보, 그냥 국 퍼 와요."

"예 갖여 갑니다. 아주버님, 어여 잡수세요, 애 오늘 늦나 봐요."

"그러세요 형님 어서 드세요."

까만 서리태 콩밥에 구수한 냉이국, 그리고 배추 겉절이, 상큼한 돌미나리 무침에 싱싱한 두릅을 초고추장에 찍어 한 입 넣으니, 씹을 사이도 없이 그냥 넘어가려 한다.

"야! 이거 정말 맛있는데요, 한 10만 원짜리 식사보다 더 맛있습니다."

"큰아빠, 진짜 10만 원짜리 식사가 있어요?"

"10만 원이 뭐냐, 30만 원 짜리도 있단다."

상미가 놀라서 꽥, 소리를 지르자 모두들 한바탕 웃음이 터진다. 장회장은 연신 상진이가 궁금했다. 이녀석 휴대폰 하나 사줘야겠다고 생각하는 그때 현관 벨소리가 들린다. 상미가 달려가 열어준다.

"오빠 어떻게 된 거야?"

"늦어서 죄송합니다."

"늦으면 늦는다고 전화해야지."

"시간이 이렇게 된 줄 몰랐어요."

그러면서 들고 온 물건들을 가족들에게 하나씩 나눠 준다.

"아니! 이게 다 뭐냐?"

"오늘 월급 탔어요."

역시, 호기심 많은 상미가 제일 먼저 열어본다. 예쁜 운동화 그리고 미술책이다.

"야! 이거 큰아빠 것도 있냐?"

"그럼요, 우리 집안에 제일 어른 어른이시 잖아요."

장회장이 제일 좋아하는 것 같아 보였다. 싱글벙글 웃으며 열어보자 봄 내의 한 벌과 고급으로 보이는 실크 넥타이다.

"야! 이 넥타이 정말 좋구나!"

그러면서 곧 바로 몸에 대어본다.

"큰아빠, 뒤에 상표 한 번 보세요."

"어! 넥타이도 스마트 상표가 있네."

"그럼요, 큰아빠네 와이셔츠가 스마트니까, 넥타이도 스마트 넥타이를 매셔야죠. 와이셔츠와 넥타이는 바늘과 실이 잖아요."

"와, 이녀석 정말 센스 있구나! 당장 바꿔 맬란다. 정말 좋구나."

이어 아빠도 열어 보니, 봄 내의 한 벌과 양말 두 켤레가 들어있다. 아빠 역시 흐뭇해하며 미소 짓는다.

엄마 역시 분홍색 봄 내의와, 습진에 좋다는 기능성 영양 크림 한 통이 들어있다.

엄마는 선물을 보는 동시에 눈물이 빛에 반사되어 반짝인다. 그리고는 휴지 한 장을 뽑아 꾹 꾹 닦아낸다.

"엄마! 선물을 받았으면 웃어야지 우는 사람이 어디 있어요?"

"우리 상진이가 벌써 이렇게 컸구나. 몸만 컸는 줄 알았는데···."

상진이는 정말 큰 기쁨을 느꼈다. 받는 기쁨보다 주는 기쁨이 더 크다는 것을 오늘 확실히 느꼈다.

상진은 다시 한 번 생각해 본다.

대학교를 포기하고 취직한 것은 정말 잘 했다고. 오늘 월급을 탔다고 해서가 아니라, 하루라도 빨리 기술을 익혀 무슨 고장이라도 100% 다 고쳐 낼 수 있는 그 날까지 최선을 다 하겠노라고.

그리하여 가깝게는 5년? 멀게는 7~8년? 후에는 웬만한 가전 제품은 처음부터 완제품까지 내 손으로 직접 만들어 내는 것이 목표라고 다시 한 번 다짐을 하는 것이다.

희망의 새싹

늦은 오후가 되니 수집원들이 한 사람 두 사람 들어오기 시작한다. 오춘만은 이제 능숙하게 종류별 대로 골라 중량을 달고 금액을 적어 척척 정리한다.

양씨는 얼큰하게 라면을 끓여 막걸리나 소주 한 잔씩 대접한다. 오랜만에 전 최사장이 집에만 있으니 답답하여며 고물상에 놀러 왔다가, 오춘만 부부가 직원들에게 따뜻한 마음으로 대접하는 것을 보자, 한 마디 한다.

"역시 오사장은 참으로 따뜻한 사람이오, 이젠 일도 척척 잘 하고."

"그렇게 봐 주시니 감사합니다."

"오랜만에 술 한 잔 잘 마시고 갑니다."

"벌써 가시려구요?"

"너무 앉아만 있었더니, 허리가 좀 아프군요."

"아이구, 그럼 들어가 쉬셔야죠."

병마에 시달렸음인가, 뒤돌아 가는 모습이 힘도 없어 보이고 허리도 많이 굽어 있었다.

잠시 후에 양씨도 저녁 준비 한다고 먼저 집으로 갔다.

얼마 후에 오춘만이 마무리하고 집에 돌아오니, 안씨가 무엇인지 기분이 상당히 좋아 보인다.

"당신 무슨 좋은 일이 있는 것 같은데!"

"여보, 회장님한테 이 신세를 어떻게 갚아야 할지 모르겠어요."

부인은 서랍에서 봉투 하나를 꺼내더니 남편 손에 넙석 쥐어준다.

"이게 뭐요?"

"글쎄 월급에다 특별 보너스라고 하면서 2십만 원을 더 주지 않겠어요."

"특별 보너스?"

"직원들이 내가 해주는 반찬이 그렇게 맛있다고 밖에 나가서 먹던 직원들도 요즈음에는 구내 식당에서 먹는 직원들이 점점 많아졌대요."

"하기사 당신 음식 솜씨는 앞지 마을에서도 알아줬지."

"당신 사업자금이 넉넉지 못할텐데 보태써요."

"당신도 살림 하자면 어려울텐데 당신 쓰구려."

"살림이 문제예요? 사업이 문제지, 상진이 그녀석 봐요, 첫 월급 탔다고 가족들 선물에 남은 돈 당신 주는

166

거 봐요. 우리 상진일 생각하면, 난 정말 아무 걱정 없어요. 그렇잖아요?"

"그래요, 우리 열심히 한 번 잘 해봅시다. 이런 기회가 또 있겠소?"

"아무럼요."

"그런데 형님이 어째 안 오시지?"

"아, 손님하고 약속이 있어서 못오신대요."

그때 전화벨 소리가 울리자 상미가 받는다.

"여보세요. 아! 성열이 오빠, 네네 잘 있어요. 잠깐만요, 오빠, 전화 받어 성열이 오빠야."

상진은 책을 보다 말고, 성열이란 말에 쏜살같이 내려와 전화를 받는다.

"어 성열아! 잘 있었니? 응응 그래, 할아버지 때문에 힘들지?"

"어쩔 수 없지 뭐… 그런데 넌 어때?"

"그런대로 이젠 안정이 됐어, 다름이 아니라 이번 일요일에 우리 한 번 만나자."

"그래 어디서?"

"읍내 터미널에서 시장쪽으로 가면 빵집있지?

거기서 만나자."

"왜 읍내서 만나니, 우리 동네로 오지, 수석이가 널 얼마나 보고싶어 하는데⋯."

"나도 보고싶지, 아무튼 자세한 이야기는 만나서 하고, 아무한테도 얘기하지 말고 너만 나와 오후 3시 알았지?"

"그래 알았어."

전화를 끊고 상진은 달력을 보며 그 날짜에 동그라미를 그리고, 바로 아래에 성길이 라고 썼다.

한편, 성길이도 전화를 끊고, 수첩 달력을 보며 그 날짜에 동그라미를 그리고, 상진이 라고 썼다.

며칠 후 장회장은 지난번 저녁에 먹었던 구수한 냉이 국에, 배추 겉절이. 두릅순을 초고추장에 찍어 얼마나 맛있게 먹었던지 또 먹고싶어, 너무 늦으면 미안해서 오늘은 일찍 내려왔다. 역시나 상미가 제일 먼저 반긴다.

그리고는 눈치 빠르게 어디론가 전화를 건다.

"아빠, 큰아빠 오셨어요 빨리오세요."

"아서라, 일이 끝나야 오시지."

168

"금방 오신대요."

잠시 후에 오춘만이 들어오고, 뒤이어 상진이도 왔다.

"오늘은 일찍 오는구나."

"오빠 항상 이 시간에 와요, 그땐 선물 사느냐고 그랬지."

모두 식탁에 둘러 앉고 상미는 냉장고에서 반찬을 꺼내 식탁에 차린다.

오늘 식단은 뭘까? 궁금한데, 역시나 코를 자극하는 쑥국 냄새, 이 얼마나 오랜만에 맡아보는 냄새인가 벌써 군침이 입안에 가득 고인다. 상큼한 오이무침, 돌미나리에 쑥갓 무침, 달래와 파래무침, 물미역에, 엄나무 순, 더덕구이, 어느것을 먼저 맛 볼지 눈이 바쁘다.

"야! 제누님 여기 봄이 다 모였군요."

"입맛에 맞으실런지 모르겠네요."

"이거 큰일 났어요, 체중이 늘어서."

"지금 그 정도가 아주 보기 좋은데요 뭐."

즐겁고 행복한 저녁 식사가 끝나자 상미 상진은 각자 자기 방으로 들어갔다. 잠시 후에 장회장도 2층 상진의 방으로 올라 간다. 방문 앞에 서서 노크를 해도 대답이 없어 살며시

들어가 보니 책에 빠져 사람이 들어와도 모르고 있는 것이다.

"우리 상진이 무슨 일 내겠구나. 이렇게 열심히 공부하니."

"어! 큰아빠, 언제 오셨어요?"

"한 30분 됐다."

"하하하 에이, 설마요."

장회장은 휴대폰을 꺼내 상진이 손에 쥐어 주는 순간! 상진이의 입은 함지박 만큼 벌어지고, 눈은 황소눈 만큼이나 커진다. 얼마나 갖고 싶었던 휴대폰인가….

"큰아빠! 감사합니다."

"그래 무슨 일 있으면 바로바로 연락해 알았지?"

"네에."

"상미는 어디있지?"

"방에 있을 거예요."

장회장이 방문 앞에서 노크를하니 들어와도 좋다는 신호를 보낸다. 문을 열고 들어갔는데, 상미는 돌아보지도 않고 무엇인가 열심히 하고 있었다. 뒤에서 어깨 너머로 살짝 엿보니 그림을 그리고 있었다.

"아! 우리 상미 정말 그림 잘 그리는구나"

말 소리에 놀라 뒤 돌아 본 상미는….

"어! 오빠쯤 알았어요."

장회장은 스케치북을 집어들고 보면서, 상미 몰래 휴대폰을 소리나지 않게 살짝 책상위에 놓았다.

그리고는 시치미를 뚝 떼고, 그림을 들고 방을 왔다갔다 하면서 감탄하듯 말한다.

"야! 명암이 뚜렷하고, 원근감도 확실하고, 전체적인 구도가 정말 안정적 이구나. 아주 좋아 무엇보다도 주제가 확실하고, 머지 않아 우리 상미 화가 소리 듣겠는걸….."

장회장의 그림 평가를 듣는 순간, 상미는 놀라지 않을 수 없었다. 그림을 보는 안목이 엄마 아빠와는 확연히 다르고, 마치 미술 선생님한테 호평을 받는 것 같아 갑자기 좋은 기분이 솟구친다.

"큰아빠! 큰아빠도 그림 그리세요?"

"아니다 큰아빠 그림 못그려요."

"그런데 그림 보시는 안목이 대단하세요. 큰아빠도 한 번 그려보세요."

안그래도 그림에 관심이 많았던 장회장도 상미의 그 말을 듣는 순간, 나도 한 번 배워볼까! 하는 마음이 생기는 것이다.

"그래 한 번 생각해 볼게."

"내년 부터는 유화를 그릴 생각이예요."

"큰아빠가 적극 응원하고 지원해 줄게."

장회장이 그림을 주자, 상미는 그림을 받아 책상에 놓는 순간, 휴대폰을 발견하고 그만 깜짝 놀라는 것이다.

"어! 휴대폰! 이거 큰아빠가 사오신 거죠?"

"그래 마음에 드니?"

"보라색, 너무너무 예뻐요. 큰아빠 감사합니다."

"상미야 오빠한테 전화 한 번 해봐."

"오빠도 있어요? 큰아빠가 사줬어요?"

"그래, 여기 전화번호 있다."

그 말을 듣는 순간 상미는 엉뚱한 생각을 해 냈다. 어떻게 오빠를 놀래킬까! 아니 어떻게 속여볼까 하는 생각을 하다가 좋은 생각이 떠 오른 모양인지 전화를 건다.

"여보세요, 어! 너 상미 아냐? 너 어떻게 전화 하는거니?"

"어떻게 하긴, 부탁할게 있어."

"아니 내 전화번호를 어떻게 아는구?"

"어떻게 알긴 큰아빠가 알려줬지, 오빠 내 방에 전깃불 좀 꺼줘. 켜 놓은 채 밖에 나왔어. 엄마한테 들키면

172

"야안 맞잖아 부탁해 오빠."

"너 지금 무슨 얘길 하는 거니? 밖에 있다구?"

"그래, 나 지금 문구점에 있다구."

상진이는 알다가도 모를 일이라며 어쨌든 상미 방으로 들어가는 순간, 모든 궁금증은 끝났다.

휴대폰을 귀에 대고 들어오는 오빠를 보는 순간, 상미는 호호호호 깔깔깔, 장회장은 하하하하 껄껄껄, 그 모습에 상진이는 어이 없는 웃음, 히히히… 이렇게 셋이서 행복한 3중주 웃음의 쇼는 끝났다.

한편 양지마을 성길이는 아침부터 상진이 만날 생각에 마음이 들떠 있기에 도대체 시간이 좀처럼 가지 않는 것 같았다. 무슨 일이기에 동네로 오지않고 읍내로 나오라는 것일까?

다른 친구들도 그렇지만 특히 수석이가 저를 얼마나 보고 싶어 하는지도 잘 알텐데… 왜 나 혼자만 나오라는 것일까? 그것도 아무한테도 말 하지 말라니… 하기야 상진이 그녀석은 우리와 같은 나이지만, 우리보다 확실히 모든 것이 한 수 위에있다.

어렸을때는, 그냥 상진이 쟤는 똑똑해서 공부도 잘 하고 다리미, 선풍기, 같은 것도 잘 고치고, 그런 정도로만 생각했었다. 그런데 지금 가만이 생각해 보면, 마음이 따뜻하고 나이에 비해 생각이 깊고 이해심도 넓고, 지금 당장보다는 항상 앞을 더 멀리 생각하는 친구다. 옛날 철 없던 시절 친구들이 가난한 집안이라고 업신여기고, 거기다 머슴의 자식이라고 무시해도 상진이는 별로 크게 반응하지 않았다.

그래서 나나 수석이가 야! 상진아 넌 자존심도 없니? 그 자식을 가만 둬? 그렇게 우리가 더 흥분하면, 상진이는 이렇게 말 한다.

'사실이 그런데 뭘 어쩌겠냐! 가난하고, 머슴의 자식이 나쁜 짓도 아니고, 죄를 진 것도 아닌데…' 이렇게 말하는 상진이였다. 그런 상진이와 내가 친하게 지내는 것이 다행스럽고 자랑스럽다.

그런 친구와 몇 년만에 만나게 되니 마음이 점점 바빠진다. 그때였다. 할아버지가 어디 가시려는지 문을 열고 나오신다.

"할아버지 어디 가셔요? 점심 잡수셔야지."

"마을회관에서 생일잔치가 있어 거기서 먹을란다."

"잘 됐네요, 저는 읍내에서 친구좀 만나고 올게요."

"그러렴 너무 늦게 오지 말구."

"네에."

할아버지가 나가시자 성걸은 라면 하나 대충 끓여 먹고, 버스를 타고 읍내에서 내려 빵집 앞에 도착했다.

지나는 사람한테 시각을 물어보니, 오후 2시 45분이란다. 빵집에 혼자 우두커니 앉아 있자니, 그렇고 해서 이것저것 시장 구경을 하고 있는데, 길 건너쪽에서 광우가 당구장으로 들어가는 것을 얼핏 보았다. 소문대로 당구장 출입이 잦은 모양이다. 5분 전 3시에 빵집에 들어가 조금 기다리니 상진이가 모습을 나타냈다.

"성걸아! 늦어서 미안해."

"3분 늦은게 늦은 거냐?"

"그런데 왜 그렇게 연락이 안 되니?"

"그렇게 됐어, 미안하다···. 그런데 넌 지금 뭐하는 거야? 학교 다니는 거야?"

"아냐, 에어컨 A/S 업체에 취직했어."

"나도 취직할 생각이야···. 공부가 인생의 전부는 아니잖어 요즘들어 그런 생각이 점점 강해져."

"그래, 공부는 혼자서도 할 수 있다고 생각해 안 그러니?"

"그런데 궁금하다, 초봉은 얼마쯤 되는 거니?"

"난 돈이 문제가 아냐, 빨리 기술 배우는 것이 목적이지."

"그런데 넌 학교 정말 어떻게 할 거야?"

"아무리 생각해 봐도, 포기할 수 밖에 없어."

성갈이의 그 힘없는 말에, 상진은 마음이 아파온다. 그렇다고 잘했다고 할 수도 없고, 그렇다고 열심히 다니라고 할 수도 없었다.

그래서 친구인 주제에 이래라 저래라 충고하면 기분이 상할 수 있기에, 중3 때 담임 선생님이 하신 말씀을 인용하기로 생각했다.

"성갈아, 내 얘기 좀 잘 들어 봐, 이건 내 얘기가 아니고 중3 때 우리 선생님이 하신 말씀이야. 그러니까 잘 들어 봐!

'사람은 누구에게나 미래가 있다. 그런데 어떤 사람은, 나에게 미래는 없다, 라고 생각하는 사람이 있는데 그런 사람은 하는 일마다 안 되다 보니, 나는 돈도 없고 가난해서 도와주는 사람도 없어서 무슨 일이든 꼬이기만 한다고 생각하는 것이다.

그러나 그것은 전혀 그렇지가 않다.

다만 그 사람은 딱 한 가지, 희망이 없기 때문에

176

나에겐 미래가 없다고 생각하는 것이다.

희망을 버리지 않는 한 나의 미래는 항상 푸르게 기다리고 있는 것이다.'

"선생님이 그렇게 말씀하셨어, 너도 생각나지? 난 정말이지 그 말씀에 절대 공감하면서 선생님 그 말씀에 힘을 얻고 있어."

듣고 있던 성길이는 거듭 끄덕이며 공감하는 모습이었다. 성길이는 잠시 침묵 속에서 회상하는 듯···.

"그래, 어렴풋이 선생님 말씀이 생각 난다."

"그래서 너한테 온 목적은 부탁이 있어서 온 거야."

"무슨 부탁?"

"너나 나나 우리가 언제까지나 이런 모습은 아닐 거야, 앞으로 우리가 어떻게 변할지는 아무도 몰라 그렇잖니?"

"그야 그렇치만···."

"요즘엔 식당에서도 컴퓨터로 고객 관리를 하고 업무처리를 하더라, 그러니까 너 누석이한테 시간 나는 대로 컴퓨터도 배우고, 어려운 문장은 구사하지 못하더라도 간단한 영어 상식과 단어만이라도 많이 알아두면 반드시 요긴하게 써 먹을 때가 있을 거야. 그러니까 수석이한테 열심히 배우는 거야 알았지? 나도 열심히 배우고 있어."

"알았어 노력할게. 그런데 부탁이 있다면서?"

"있지! 제일 중요한 부탁이야. 성길아! 희망이야 희망, 희망만 잃지 않는다면 너나 나는 무엇이라도 할 수 있다고 생각해. 내 부탁은 바로 그거야 희망!"

"상진아! 정말 고맙다. 네가 내 친구여서 정말 고맙다."

"내가 여기서 만나자고 한 건, 동네에 가면 수석이도 만나야 하고 그렇다고 어떻게 수석이만 만나니. 다른 친구들도 그렇구 그러다 보면 어른들도 뵈어야 하고, 그럴 시간적 여유가 없어서 너만 보고 가려구 그런 거야."

여기까지 말하고 상진이는 주머니에서 흰 봉투를 꺼내어 성길이 앞에 내놓는다.

"이게 뭐니?"

"얼마 안 되지만 내 성의야. 할아버지 병원비에 보태 쓰든지, 아니면 맛있는 것 사 먹든지 네가 알아서 해. 그리고 연락 자주 해 알았지?"

성길이는 꿈에도 생각지 못한 일이기에 그냥 무표정에

가까운 모습으로 물끄러미 바라보기만 한다.

상진은 카운터에서 빵값을 지불하고 있으나 성길은 아직도 그 자세로 앉아있다.

"성길아, 다음에 갚아주면 되잖아, 아니면 내가 어려울 때 도와줘도 되고 그렇잖아, 빨리 넣어라 응?"

"너도 어렵잖아···."

"아, 난 이제 돈 별 많아. 이제 그만 일어나자."

상진은 봉투를 성길이 주머니에 넣어준다.

그제서야 일어나 밖으로 나가 버스 터미널로 향했다.

상진이를 떠나보내고 집에 들어와 봉투를 열어 보니 30만 원이 들어있었다.

사랑의 호칭

무더운 7월 하순경이다.

가족 모두 저녁 식사를 끝내고 TV를 보고 있는데 상진의 휴대폰 벨이 울린다. 발신자를 보니, 민우석이다 엄청 반가웠지만 시치미를 뚝 떼고.

"어! 형님이다."

"엇쭈, 상진아 내 생일이 빠르니까 내가 형님이지."

"아우야, 출생신고가 좀 늦어서 그런 거다 알겠냐?"

"알았다, 알았어 다름이 아니라 내일 아빠가 서울에 볼 일이 있으셔서 나도 같이 가서 너 좀 보려고 괜찮겠지?"

"와우! 대환영이지 몇시쯤 올 건데?"

"오후 4시쯤 될 것 같아."

"오케이, 그럼 내일 보자."

전화를 끊고 아빠에게 말씀드리자 연락 받았다며 아빠는 이미 알고 계셨다.

다음 날 우석이가 올 시간쯤 되자 상진은 전화를 건다.

"어 상진아!···."

"어디쯤 오고 있니?"

"지금 신호대기에서 기다리고 있는데 50미터쯤 오른쪽에 세일콜산 이라는 간판과 건물이 보이는데···."

"알았어, 내가 정문 앞으로 나가 있을게."

상진은 정문 앞에서 좌측을 바라보며 어느 차인지 두리번거리는데, 어느 화물차에서 창문이 열리며 흔드는 손이 있어 쳐다보니 수석이였다.

상진도 손을 높이 들어 흔들어 주었다.

잠시 후 화물차는 회사 안으로 들어왔다. 수석이가 내려오고 끝이어 수석이 아빠 민정기 아저씨도 차 안에서 내려 왔다.

"아저씨! 안녕하세요?"

"그래, 야 상진이도 많이 컸구나!"

"상진아, 너네 집 정말 멋지다!"

"아빠는 어디 계시냐?"

"아빠는 고물상에 계시고 엄마는 상미랑 시장에 가셨어요."

상진이는 수석이 아빠를 고물상으로 안내했다.

고물상에 들어가자 수석이는 오춘만을 보자 꾸벅 절하며

"아저씨! 안녕하세요?"

"아이구, 수석이구나! 외진 곳에서 만나면 몰라 보겠다."

"아저씨는 옛날 그대로인데요."

"그래? 듣던 중 반가운 말이구나."

서로 인사를 나눈 후 창고 여기저기를 둘러보며 감탄을 금치 못한다. 물건 종류도 수 백가지에, 거의 새 것처럼 깨끗한 물건도 보이고 말 그대로 고장난 중고품 하다못해 찌그러진 물건, 녹이슬어 형체도 알 수 없는 물건, 이름도 모를 처음보는 별의 별 물건, 물건, 물건들에, 혀를 내 두를 지경이다.

"자네 이 물건들 이름 다 아는 거야?"

"장부를 봐도 모르는 건 몰라, 그냥 고철로 파는거야."

그때, 경리 겸 이것저것 잔 일 봐주는 송양이 은행일을 보고 물어왔다.

"사장님, 영일기업, 청우, 무도산업은 전액 입금 되었구요, 대성실업은 입금이 안 됐는데요."

"대성실업은 내일 입금 시킨다고 했잖아."

"아! 맞아요, 깜빡 했네요."

"인사드려 고향 친구야."

"안녕하세요? 저는 아주 명랑한 미스 송입니다."

"오! 그 인사법 정말 예쁜데요!"

"아주 명랑하고 싹싹해서 직원들한데 인기가 많다네, 일도 잘 하고."

"감사합니다. 차 한 잔 드릴까요?"

"이 친구는 커피 좋아하니까, 커피하고 너희들은 뭐 마실래?"

"아네요, 수석이하고 집에 가서 마실게요."

"오, 그래라."

"직원이 몇 명이야?"

"스무 명이 조금 넘어, 자네 사업은 어때?"

"나야 늘 비슷하지 뭐 용달 일이 그렇잖아. 이젠 이 사업도 대충 알겠구먼. 앞으로 전망이 어떨 것 같아?"

"그야 나 하기에 달렸겠지 뭐, 먼저 사장은 8년 만에 아파트 한 채 샀대."

"괜찮은 사업이네 안 그래?"

"글쎄 두고 봐야지 뭐, 그나저나 어령감님은 어떻게 지내? 잘 계시겠지?"

"이 사람은 그저 마영감, 마영감! 그런 인간 뭘 생각 해, 자네 떠난 뒤로는 모든 게 끝장인 것 같아."

"끝장 이라니? 그게 무슨 말이야?"

"논은 논대로 밭은 밭대로 이거 뭔 풀농사를 짓는 건지 잡초만 무성하다네."

"아니 왜!?"

"왜긴 왠가! 누가 농사를 짓겠나, 자식놈들이 하겠나 그 영감탱이가 하겠나, 자네도 알다시피 체중은 90kg이 넘으니 자기 몸뚱이 하나 다루기도 힘든데 거기다 농사 일도 제대로 모르니···."

"사람이라도 사서 해야 할 것 아닌가?"

"누가 와야 말이지. 서로가 품앗이를 하는 게 농촌인데 그 영감탱이가 남의 집 일 하는 걸 봤는가? 타지 사람 불러봐야 품삯은 두 배로 달라 하고 그것도 대충대충 일을 하니, 그 영감 성미에 천불이 나서 못해먹고··· 아이고 말해 무엇 하겠나."

오춘만은 얘기를 듣는 순간, 무엇인가 알 수 없는 무거운 중압감에 짓눌려 가슴이 먹먹해진다. 마영감이 그렇게 된 것은 자신의 잘못이 크다고 생각이 드는 것이다.

184

떠나기 전에. 많앙한 사람을 구해 주든지 아니면 다른 대책을 세워놓고 떠났어야 하는건데, 아무런 상의도 없이 갑자기 떠나 왔음에 적지 않은 죄책감과 일말의 책임감도 느끼는 것이다.

"사장님!..."

"......"

"사장님! 마트에 가서 라면하고 막걸러 좀 사올게요."

"오? 오... 갔다 와."

"자네 또 마영감 생각하는 거지?"

오춘만은 속 마음을 들킨 것 같아 영뚱한 이야기로 돌려 버린다.

"장회장님, 생각을 하고 있는 중이였어."

"장회장님?"

"얼마 전에 그 양반하고 정식으로 형제 맺었네."

"뭐라고!? 형제를 맺었아고?"

"그렇게 됐네."

"야아... 잘 됐네 정말 잘 됐어, 축하하네!"

"고맙구먼...."

"그런 형넘도 없고, 이런 아우도 없을 거야!"

"자네가 잘 알고 있듯이, 나같이 무식한 사람을 글 쎄 그 형님 체면이···."

"그런 말 말게, 그 장회장님의 눈과 귀가 보통 눈 이 아닐세 사람이야 제대로 봤신거지, 정말 잘 됐 네 정말 잘 됐어."

사실 오준만도 장회장과 형제를 맺은 것은 꿈에도 생각 못한 일 이기에 한없는 영광이요, 감사할 일 이지 만 마영감의 얘기가 아직도 귓전에 맴돈다."

"그런데 아까 송양이 웬 막걸리를 사 오는 거야?"

"3, 4일에 한 번씩 직원들에게 한 잔씩 주려고."

"아무튼 이제는 장회장님이 형님이고, 거기다 20명이 넘는 직원을 거느리며, 이런 사업을 하다니 정말 기쁘 고 기쁘네."

"다 자네가 염려해준 덕이지. 나 잘 되기를 얼 마나 바랐고 도와주고 위로해 주었나!"

"내가 뭘 도와주었나? 안타까워만 했지. 옛 말 이 해도 틀린 말이 없네. 악한 끝은 있어도, 선한 끝 은 없다고, 그런 말이 자네같은 사람 때문에 나온 말이 아닌가 싶네."

"오늘 하루밤 자고 갈 거지?"

"아냐, 가 봐야 돼, 아랫마을 방앗간 서영감님 있지? 지금 기다리고 있어, 물건 싣고 내려가야 돼."

"무슨 소리야 술 한 잔 하고 가야지."

"아쉽지만 어쩔 수 없네, 다음에 시간내서 놀러 올게."

서로가 아쉬움을 뒤로 한 채 민정기는 떠났다.

한편, 상진이와 수석이는 무엇이 그리도 재밌는지 하하 하 깔깔깔 말 한두 마디에 웃음은 열배나 더 웃는다. 그러다 마침내 마광우 이야기도 나왔다.

광우는 결국 퇴학을 당하고도 정신을 차리지 못하고 늘 말썽만 피우자 형이 타이르다, 광우가 대든다고 따귀를 한 대 때린 것이 화근이 되어 결국 형제간에 주먹 싸움이 대판 벌어졌는데, 광우 그놈이 싸움에는 소질이 있어서 형이 죽지 않을 만큼 맞아 병원에 실려 가는 소동이 벌어지고 말았다.

그러자 동네 사람들이, 부모형제도 몰라보는 저런 놈은 동네에서 쫓아내자는 말까지 나돌았다.

그래서 그런지 요즘엔 동네에서 꼴도 안 보이고 읍내에

서 당구장이나 극장 같은 유흥 업소에 출입이 잦아 나이 들어 보이려고 헤어 스타일은 올백에다 안경까지 끼고 다닌다는 것이다.

여기까지 얘기를 듣던 상진이는 광우 이야기도 이야기지만, 사실 더 궁금한 것은 성길이의 현재 상황이었다.

그렇다고 성길이 얘길 먼저 꺼내자니, 얼마 전에 비밀리에 성길이만 만나고 왔으니, 양심상 먼저 물어보기가 민망해서, 성길이 이야기가 나오기만 기다리는데, 다행이도 성길이 이야기를 꺼내는 것이다.

"야, 성길이 있잖아!···."

성길이 얘기가 나오자 상진이 눈이 반짝 빛나는듯 자세를 고쳐 앉는다.

"상진아! 성길이 얘기가 나오니까 너 눈빛이 달라지는 것 같은데!?"

상진은 깜짝 놀랄 뻔했다. 이놈이 혹시 성길이만 만나고 본 걸 알고 있는 걸까!?"

"그거야 너하고 성길이하고 우린 삼총사니까 그렇지···."

"하기야 그렇지, 그런데 성길이를 생각하면 정말 마음이 너무 아파. 결국 학교는 포기했어, 그 이유 너도 알잖아,

정말 착한 놈인데···."

"기가 너무나 죽어 있겠구나."

"그런데 요 얼마 전에 만나자고 해서 만났는데, 글쎄 생각지도 못한 피자를 먹으러 가자는 거야. 나한테 여러 번 신세만 졌으니 자기도 한번 쯤은 사야 한다면서 자꾸 가자는 거야. 그렇다고 너 돈이 어디서 났느냐고 물어 볼 수도 없고, 걱정이 앞서는 거야."

"그래서?"

"그런데 진짜 놀란 것은 피자가 아니라, 죽어 지내던 걔가 정반대로 달라진 거야! 그러면서 틈틈이 시간 좀 내서 컴퓨터와 영어 좀 가르쳐 달라는 거야. 어떻게 며칠 사이에 확 달라졌는지 모르겠다니까!

"야! 그거 반갑고 다행한 일 아니냐?"

"양연하지. 나도 너무 기뻐서 틈 나는대로 가르쳐 주긴 주는데, 사실 나도 시간이 좀··· 그렇잖니?"

상진이는 여간 기쁘지 않을 수 없었다. 진심으로 부탁한 것을 성길이는 실천하고 있으니, 이렇게 기쁠 수가 없었다.

"정말 다행이다. 그리고 수석아, 너도 고맙구···."

"뭐가 고맙다는 거니?"

"성길이한테 그렇게 잘해 주니까."

"야, 성길이가 네 친구만 되냐?"

"하기야··· 하하하···."

"이야! 이 집 정말 볼수록 좋다. 에어컨도 빵빵 터지고 2층에 방이 둘 아래층에 둘, 거실, 주방 정말 끝내 준다."

"야 너 할아버지께 인사 드려야지?"

"당연하지, 너보다 그 할아버지가 더 보고 싶은데 빨리 가자."

"가만 있어 전화를 먼저 해 봐야지."

상진은 전화를 걸어 지금 사무실에 올라가도 되겠냐고 여쭤 보니 오라는 것이다.

"뭐라하셔?"

"어, 괜찮으시대."

바로 옆 30미터쯤 5층 건물 2층에 회장실 앞에서 노크하니 들어오라는 소리가 들린다. 상진이 먼저 들어가고 뒤 이어 수석이 들어오며,

"할아버지! 안녕하세요?"

장회장은 알듯 말듯 약간 으아해 하며···,

"누구··· 혹시··· 저··· 수···,"

"예, 민수석입니다."

"오! 그래 그래 수석이, 야! 몰라보게 컸구나."

"할아버진 그때나 지금이나 세월이 그대론데요!"

"뭐라, 세월이 그대로?··· 이녀석 봐라, 그런데도 내가 할아버지냐?"

별안간 화를 내시는 것 같아 수석이는 물론 상진이도 약간 표정이 굳어진다.

"아니, 저 그게 아니고요, 늙지는 않으셨다는···."

"그런데 어째서 할아버지냐?"

"그럼 회···장···님 이라고···."

"이 녀석아 네가 우리 회사 직원이냐? 회장님이게."

수석이는 더 이상 할 말을 잃고 어쩔 줄 몰라 한다.

"너 상진이 아빠를 부를 때 뭐라고 부르냐?"

"아저씨라고 부르는데요."

"그렇다면, 전혀 모르는 학생이 상진이 아빠를 부를 때 뭐라고 부를까?"

"그야 그 학생도 아저씨라고 부르겠죠···."

그렇다면 전혀 모르는 학생도 아저씨, 너는 가장 친한 친구의 아빤데도 아저씨, 그렇다면 그 학생이나 너나 다를게 무엇이 있겠느냐?"

"·····."

"너는 당연히 상진이아빠께도 상진이처럼, '아빠' 하고 부른다면 더 귀여움과 사랑을 받을 것 같은데···."

"네~에!·····."

"상진아, 내가 너한테 누구지?"

"큰아빠요!"

"수석아! 들었지?"

"하하하···."

갑자기 수석이는 큰 소리로 웃어 제치는 것이다."

"이녀석이 웃기는?···"

"제가 왜 웃었는지 정말 모르세요?"

"글쎄다, 모르겠다!"

"우리 큰아빠 센스가 9만인 줄 알았는데··· 제가 웃는 이유를 모르시다니···."

"하하하··· 역시 똑똑한 놈이다."

수석이가 큰아빠라고 부르자, 그제서야 장회장은 웃음

을 대고 손을 높이 들어, 하이 파이브를 청한다.

그러자 수석이도 상진이도, 큰아빠와 하이 파이브를 하고 긴장감에서 완전히 벗어나 화기에 찬 분위기로 돌아왔다. 그러나 그것도 잠시, 이번에는 수석이가 기분이 덜 풀렸는지 몸이 경직되고 말도 잘 하지 않고 묘한 표정을 짓고 있었다.

"수석아 너 표정이 이상한데, 기분이 덜 풀렸나?"

"아닙니다."

"미안하구나 내가 너무 심했나 보구나?"

"야, 수석아! 너 진짜 왜 그래?"

"큰아빠! 저는 지금 초등학교 6학년 때 생각이 나서 괴로워 그럽니다."

"6학년 때 생각이 나서 괴로워?"

"그때 큰아빠가 사주신 피자 맛을 잊을래야 잊을 수가 없어서 정말 괴롭습니다."

그 말을 듣자 장회장은 들그머니 일어나 수석이 옆으로 가더니 꿀밤을 한 대 먹이며,

"온석 좀 보게, 그러니까 피자를 사주면 기분 풀겠다 이거지?"

"그렇다면야 뭐···."

"알았다. 윤석아 그래 먹으러 가자."

"야호. 역시 우리 큰아빠 최곱니다."

그제서야 세 사람의 웃음 소리는 서로 어울려 화성악처럼 아름답게 들린다.

"얘들아, 큰아빠가 마무리 좀 하고 15분쯤 후에 내려갈 테니까, 상미도 데리고 나오너라."

"네 알겠습니다."

상진과 윤석은 나가고 장회장은 서류 정리를 하다 말고 잠시 생각에 잠긴다. 요즈음 장회장은 자기 자신도 모르게 아이들한테 무척이나 마음이 간다. 일가 친척이라고 단 한 사람도 없이 외롭게 지내다가, 그 외로움은 오직 사업을 성공 시키겠다는 일념으로 일밖에 모르다가, 이제는 어느 정도 성공 했기에 조금은 여유가 생긴 탓일까?

가족이라야 아내와 외동 딸 하나, 그 딸마저 남편 직장따라 독일에서 살다 보니 여전히 외로운 상태에서 착하고 순박한 상진이 상미 이제는 윤석이까지 일찍 둔 손자 손녀 같고, 아니면 늦둥이 아들

딸 같은 생각이 든다. 장회장은 이 아이들과 지내는 것이 요즈음 즐거운 낙이다. 서류를 대충 정리하고 겉옷을 입고 밖으로 나가 아이들과 피자집으로 향했다. 상미는 피자 먹을 생각에 신이 나서 연신 조잘거리며 앞장 섰다. 십여 분 걸였을까, 피자집에 들어가 제일 맛있다는 것으로 주문하고, 잠시 기다리니 피자와 콜라가 나왔다. 한 조각씩 먹는데 상진이가 말한다.

"큰아빠 조금만 잡수세요."

"왜 이녀석아 나도 너희들하고 똑같이 먹을 건데."

"오늘 저녁상에 특별 메뉴가 있거든요."

"특별 메뉴? 뭔데?"

"수석이가요···."

"야, 그까짓게 뭐 대단하다고 그러냐? 큰아빠는 비싸고 맛있는 음식 많이 잡수실 텐데."

"그건 손님 대접할 때, 가끔 있는 일이고 큰아빠 집에서 만든 음식을 즐겨 잡수세."

"그렇다면 조금만 잡수세야 되겠는데요."

"도대체 뭔데 그러냐? 너희들만 많이 먹으려고

그러는 거지?"

"아무튼 후회하지 마시고 조금만 잡수세요."

"상미야, 너는 큰아빠 편이지? 뭐냐?"

"저도 모르는데요."

"그래, 좋다 너희들만 믿고 고만 먹으련다."

모두들 맛있게 먹고 피자 한 판을 들고 집으로 돌아왔다. 상미는 엄마 아빠에게 큰아빠가 최고라며

피자 먹은 얘기를 조잘조잘 잠도 지껄이며, 피자 한 판을 내 놓는다.

"이건 엄마 아빠 잡수라고 큰아빠가 사줬어요."

상진과 수석이는 2층으로 올라가고, 상미는 주방 일을 돕고, 장회장과 오준만은 TV를 보고있다.

시간이 얼마쯤 지나자 주방쪽에서 코를 자극하는 기막힌 냄새가 풍겨왔다.

"제수님, 이게 무슨 냄새지요?"

"수석이가 물고기를 제법 많이 잡아 왔어요."

"엄마 다 했어요. 이제 뭐 할까요?"

"다 됐으니까, 오빠들 내려와서 밥 먹으라고 해라."

"수석아, 너 추어탕 미꾸라지 또 잡아 왔냐?"

196

"에이 큰아빠두 지금이 뭐 가을인가요? 추어탕이게."

"그럼 뭐냐?"

"지금은 여름이니까 하어탕이죠."

"하어탕? 그러니까 여름 '하' 고기 '어' 여름 물고기
란 말이냐?"

"그렇지요."

"그럼 여름 물고기는 뭐지?"

"붕어, 메기, 가물치, 뭐 그런 거지요, 하여튼 여
름에 잡어서 끓이면 다 하어탕이죠 뭐."

"하하하 맞다 맞어, 겨울에 잡아서 끓이면 동
어탕 그렇지?"

"저 녀석이 학교에서 배웠답시고, 뭐라드라, 칼
칼슘? 그리고… 뭐 단백질 인가 뭔가를 많이
먹어야 한다면서 꽤 많이 잡아왔어요."

매운탕이 다 끓어 큰 냄비에 푸짐하게 퍼담아
각자 작은 그릇에 나눠 먹기 시작하는데, 얼마나
맛있으면 아무도 말 없이 먹기에만 바쁘다.

"이거 얼마만에 먹어 보는지, 정말 맛있구나. 수석
아 너 한 달에 한 번씩만 잡아 오너라."

"네 아빠! 그거 별로 어렵지 않아요!"

수석이가 상진이 아빠 오준만한테 아빠라고 하자 장회장과, 상진이 빼고는 모두 눈을 크게뜨며 놀라는듯.

"수석아! 너 지금 뭐라고 했니?"

"아빠라고 했는데요."

"이녀석아! 어째서 갑자기 내가 네 아빠가 됐니?"

"큰아빠가 가르쳐 주셨어요. 그래야 더 사랑 받는 다고 말씀 하시던데요."

"그럼 나는 뭐냐?"

"에이 엄마두 참! 물을 걸 물으셔야죠."

"어머머, 저녀석 저 넉살 좀 보게···."

"그런데 큰아빠는 또 누구냐?"

"에이 엄마두 참! 가족 관계도 모르시나, 여기 계 시 잖아요."

하면서 장회장을 가리킨다.

"어머나 세상에···."

"맞어! 나는 수석이 오빠한테, 오빠 오빠 그러잖 아! 그러니까 수석이 오빠도 우리 엄마, 아빠한테 당연히 그렇게 불러야 맞지, 그렇지요?"

"그래 상미 말이 맞다 맞고말고…."

그러자 모두 웃음의 합창이 온 방안에 꽉 차고 맛있는 저녁 식사에 행복한 한 때였다.

"수석아 너 언제 가니?"

"내일 일찍 가야합니다."

장회장은 지갑을 꺼내어니 오만 원짜리 두 장을 수석이 손에 쥐어준다.

"아 아네요, 웬걸 이렇게 많이…."

"책이라든가 필요한 게 많잖아 넣어둬."

"상진이는 요…."

"수석아, 너는 학생이고 나는 직장인이다. 알았지?"

그러자 맞는 말이라고 모두가 웃자 수석은 할 말을 잃었다. 그러면서 어정쩡 하면서도 공손히 받는다.

"수석아, 너 이름 값 해야 된다. 시험 봤다하면 수석 알았지?"

"큰아빠, 저요 시험 봤다 하면 수석입니다."

"그래! 정말 수석이야?"

"그럼요, 시험 볼 때 시험지에 수석이라고 이름을 쓴 거든요. 진짜예요."

"오, 그렇구나! 맞는 말이네."

"이름값 꼭 하겠습니다."

"그래 그래 그럼 난 간다."

"아참, 약속 하나 해주세요, 낚시 오시면 저희집에 꼭 한 번 오시는거, 상진이네 이사간 후로는 한 번도 안 오신 것 같은데요."

생각해 보니, 정말 그동안 한 번도 낚시를 가지 못했다. 그 이유가 바빠서 그런 것도같고, 아니면 상진네 가족이 양지마을을 떠나 이제는 내 곁에서 살고 있기 때문이 아닐까 하는 생각도 들었다.

"그래 낚시 갈 때 한 번 만나자, 그럼 됐지?"

"넵."

장회장이 밖으로 나가자 모두 현관까지 따라나가 인사하고, 오춘만은 정문 밖까지 따라 나간다.

"사업은 요즘 어때?"

"굉장 됩니다. 직원들도 열심히 물건을 많이 수집해 오고, 고철값도 조금 오르고, 거기다 상진이 녀석이 틈틈이 고장난 다리미 선풍기도 고쳐놔서 그런 것도 여러 개 팔구요."

"상진이 그녀석 아무리 생각해 봐도 정말 기특한 녀석이야. 자기 목표가 분명하고 흔들림도 없고, 거기다 자네를 닮아서 부지런하구···."

"제가 못나서 학교를 중단한 것이 가슴 아프죠."

"내가 보내준다고 해도 싫다고 하지 않는가?··· 너무 상심 말게. 학교가 인생의 전부가 아닐세 두고 보게나 그 녀석 분명히 훌륭한 일을 하며 잘살 걸세. 이제 그만 들어가."

"예, 형님 살펴 가세요."

다음 날 아침이다. 양씨가 무엇인가를 쇼핑백에 담으며 수석이를 부른다.

"이거 엄마 드려라."

"이게 뭐예요?"

"별거 아냐, 집에가서 바로 냉동실에 넣어야 한다."

오준만도 하얀 봉투 하나를 쇼핑백에 같이 집어 넣으며 말한다.

"이건 아빠 드려라. 그리고 언제 시간 내서 한 번 내려 간다고 해라."

지금 수석이가 받은 물건들이 무엇인지는 모르지만 이런 물건을 받아서가 아니라, 비록 1박 2일의 짧은 시간 이었지만, 진심으로 아들같이 대해주신, 상진 엄마 아빠의 따뜻한 사랑에 감동받아 정말 가족이나 친척 같은 생각이 들었다. 더구나 장회장님 같은 분을 큰아빠라고 부르게 된 것도 더 없는 영광스러운 일이었다.

도시의 아침 시간은 참으로 바쁘고 빠르다. 상진이는 휴가가 끝나 출근해야 하고, 상미는 학교로 상진 엄마는 구내 식당으로, 오준만은 고물상으로 모두 떠나고. 수석이도 양지 마을로 떠나기 위해 밖으로 나왔다. 수석이가 버스에 오르자, 서로 손을 흔들며 헤어졌다.

시외버스 터미널에 도착하여 양지마을행 버스로 갈아타고 한참을 달렸다.

어제 저녁에 장회장, 그러니까 큰아빠가 준 용돈이 얼마인지 알면서도 다시 한 번 꺼내보니 분명 10만 원이 분명하다.

지금까지 누구한테서도 이렇게 큰 돈을 받아 보기는 처음이라 정말 기뻤다.

더구나 친척도 아닌 남남인데 말이다. 솔직히 말해서 용돈을 두둑히 받아서도 그렇지만, 초등학교 6학년 때 처음 만났을 때부터 왠지 모르게 좋아서였다.

같이 미꾸라지를 잡고 짜장면에 피자까지 사주웠으니 말해 무엇하랴.

진짜 큰아빠 같은 느낌도 드는데… 그 회장님이 직접 큰아빠로 생각해도 좋다며 그렇게 부르라니 이 얼마나 기쁜 일인가! ……진심으로 우리들을 사랑하시기에 따뜻한 정을 느끼게 하는 그런 분을 큰아빠라 부르게 된 것이 정말 자랑스럽고 기뻤다.

쇼핑백에 든 물건이 궁금하여 살짝 꺼내 보니 소고기였다. 그리고 하얀 봉투는 보나마나 돈일텐데, 스카치 테입으로 붙여놔서 뜯어볼 수 없었다.

이런저런 일들이 다 상진이 때문에 생긴 일이어서 상진이 같은 친구를 가진 것이 또한 기뻤다.

생각없이 멍하니 앉아 있으면 멀게만 느껴지는 것도 이런저런 많은 생각을 하다 보면 먼 길도 짧게 느껴진다고 했는데 사실 그랬다.

어느새 양지마을에 도착하여 집에 와 보니 아무도 없었다. 쇼핑백에 고기를 냉동실에 넣고나니 슬슬 배가 고파 라면 하나 끓여 먹고, 밀린 숙제를 하다 보니 어느새 저녁때가 되었다.

엄마 아빠가 들어 오시기에 냉동실에 고기를 알려 드리고, 흰 봉투는 아빠에게 드렸다.

뜯어 보니 역시 돈이었다. 아빠는 세어 보고 나서 바로 전화를 건다.

"아, 자넨가? 그런데 웬 돈을 백만 원씩이나 보낸 거야?"

"자네한테 신세진 게 어디 한두 푼인가? 작지만 받아주게."

"이사람아 50만 원밖에 더 돼?"

"자네 차를 보니가 빨리 새 차로 교체해야 되겠던데···."

"아직은 쓸만 해. 그건 그렇고 고기는 웬걸 이렇게 많이 보냈어, 한 달은 먹겠다."

"이 사람아, 그게 무슨 소리야 그 많은 걸 한 달에 다 먹어치워? 넌은 먹어야지 안 그런가?"

204

"하하하, 이 사람 사장이 되더니 농담도 사장급이네."

"하여튼 지난 날 자네한테 신세만 지고… 그 신세 두고두고 갚을 게."

"친구지간에 그런 말은 하지 않기로 했잖은가 아무튼 잘 쓰겠네."

통화 내용을 옆에서 듣고있던 수석은 깊은 감동에 젖어 든다. 우리 아빠와 상진이 아빠의 우정은 정말 특별하고, 정말 두텁고, 정말 진실한 우정이라고 생각 들기에, 나도 두 아빠들의 마음과 정신을 본 받아 대를 이어, 상진이와 그와 같은 우정을 쌓아 가리라 다짐해 본다.

또 다른 결심

어느덧 무더운 여름도 가고 또 가을이 돌아왔다.

상진이가 에어컨 서비스센터에서 일한 지도 1년이 다 되어갈 즈음 마음의 변화가 생겼다.

몇 번을 생각한 끝에 결심을 하고 장회장, 그러니까 큰아빠에게 결심을 털어 놓기로 했다.

"어서 말해봐, 혹시 학교 가기로 마음이 바뀐 건가?"

"아닙니다. 사실은 큰아빠한테 죄송해서 그럽니다."

"괜찮아 어서 말해 봐."

"아무리 생각해도 직장을 그만둬야겠습니다."

"왜! 무슨 일 있었어? 내년 부터는 정식 직원으로 채용 한다고 하셨는데···."

"정식이건 임직이건 그건 상관 없는데요, 거긴 에어컨 한 가지만 취급하니까, 다른 제품은 배울 기회가 전혀 없어서 그럽니다."

"다른 것, 무엇이 또 배우고 싶은 거지?"

"가전 제품 뭐든지 다요."

"그거 어렵지 않을까?"

"그래서 생각 끝에, 아빠 고물상에는 별별 고장난 가전 제품이 많아서 제가 연구해서 고쳐볼까 합니다."

"으음… 그래! 즉시 감이 온다. 좋은 생각이야, 우리 상진이는 해낼 거야. 그런데 아빠는 뭐라하셔?"

"아빠는 허락 하셨는데, 큰아빠께 죄송한 일이라며 다시 한 번 잘 생각해 보라고 하셨어요."

"네 생각이 정히 그렇다면 한 번 해봐. 큰아빠 상진이 지원군 이잖아."

장회장은 용기를 북돋아 주는 의미로 등을 가볍게 두두려 준다.

"큰아빠 정말 감사합니다."

장회장이 기분 좋을 때 항상 손을 높이 들면, 상진 은 거침없이 하이파이브로 답을 하는 것이다.

이렇게 상진은 직장을 그만 두고, 고물상에서 아빠 일을 돕게 되었다.

그동안 모아 두었던 월급으로 가전 제품에 관한 책 을 여러 권 더 구입하고, 청계천에 가서 전기테스트기 바이스, 용접기, 드릴 등등, 기본적인 공구 일체를 구입하고 고물상 창고 한쪽에 수리 전용장소를 만들었다.

그 후로 상진이가 하는 일은, 딱 3 가지, 책 보는 일, 컴퓨터 배우는 일, 고장난 제품 고치는 일. 그 외의 하는 일은 거의 없을 정도다.

고장난 것과 정상적으로 작동되는 것을, 하나 하나 뜯어 보면서 비교하여 보면, 고장난 곳과 정상적인 곳이 확연히 다르다는 것을 알게 되는 것이 많았다.

고장난 곳의 부품을 청계천이나 그 외의 전문점에 가서 구입하여 고쳐 놓으면, 그렇게도 기쁘고 기뻤다.

때로는 고장난 곳을 찾지 못해, 책을 보면서 연구하다 새벽 1-2시 까지도 연구하며 잠을 설치기 일쑤여서 부모님께 꾸중 듣기도 한두 번이 아니었다.

시간이 흐름에 따라 상진의 컴퓨터 실력은 일취월장하여, 액셀, 파워포인트, 포토샵, 일러스트, 웬만한 것은 거의 어느 정도 다룰 수 있는 실력을 쌓았다.

세월은 잘도 흘러 어느덧 상미는 미술전공 대학생이 되었고, 양씨는 주방장이 되어, 월급도 오르고, 고물상 사업도 점점 잘 되어 가고있다.

상진이가 고물상에서 일을 한 이후 여러가지 환경과 모습조차 변하고 있는 것이다.

각종 물건을 종류별대로, 오래 된 책이나, 그림, 도자기 목기, 철기, 민화, 그리고 일반적인 것과, 보기 드문 옛 것과 귀한 물건들을 따로 목록을 작성하여 컴퓨터에 입력시켜 놓고 실제로도 깔끔하게 배치해 놓았다.

그러기에 이제는 고물상만이 아니라, 각종 가전제품 중고 판매장으로 탈바꿈한 듯 점포로서의 면모로 바뀌었다.

그러니까 고물상 정면에서 보면, 오른쪽은 마당 천막아래 고물이 산더미처럼 쌓여 있고, 왼쪽은 중고 판매장같이 훤하게 잘 정리되어 있어 누가 봐도 깔끔한 매장으로 인식하기에 충분 했다.

그렇게되자 물건을 사러 오는 손님들이 늘고 그렇게 되니 자연히 매상도 좋아졌다.

경리 일을 보았던 미스 송은 결혼하여 남편 따라 지방으로 내려가는 바람에 경리일은 상진이가 맡아보게 되었다.

또한 직원들 간식 거리는 음식 솜씨 좋은 양씨가 맡아 해주니 모든 것이 기계처럼 척척 잘도 돌아간다.

오후 5섯시쯤 되면 상진이는 언제나 약국 앞으로 나가 신씨 할머니를 기다린다.

약국 앞에서부터 이곳 고물상까지 약간 언덕이라 70 중반의 할머니로서는 리어카를 끌고 오기가 힘들어 상진이가 대신 끌고 오는 것이다.

5시가 조금 넘자 신씨 할머니 모습이 보인다. 상진은 바람같이 달려가 리어카를 끌고 온다.

"할머니 힘드시지요? 오늘은 물건이 꽤 많네요?"

"아이고, 우리 부사장님 나오셨네."

"에이 할머니 말씀 낮추시고, 그냥 손자같이 오기사라고 불러 주셔요."

"그래 오기사!"

"네 그렇게요."

"나 부탁이 하나 있는데 들어줘."

"네 말씀 하세요."

"우리집 냉장고가 말을 안 들어 음식이 쳐아 상해."

"진작 말씀 하시지요."

"오기사가 워낙 바쁘니 미안해서 말할 수가 있어야지."

"알았어요, 일 끝나고 당장 가 볼게요."

부지런히 일을 끝내고 신씨 할머니와 20여 분 걸어서 나지막한 야산을 끼고, 얼마를 더 걸어서 할머니 집에 도착하였다. 낮은 산골짜기에 다닥다닥 집들이 붙어 있어 한 눈에 보아도 가난한 사람들이 모여사는 빈민촌이라는 것을 알수 있다.

"오기사! 우리집 보고 놀라지 말아?"

집에 들어서 보니, 정말 놀라지 않을수 없었다. 방은 손바닥 만하고 화장실도 없어 공동 화장실을 사용한다. 연탄 보일러도 성능이 좋지 않아 전기 장판을 이용하고 있는 형편이었다.

이 동네 모두가 다 비슷비슷한 처지에서 살아가는 곳이다. 냉장고를 들어보니 정말 지저분하다. 먼지에 김치국물에 녹이 슬고 여기저기 물기도 많고, 두 곳이나 스파크가 일어 까맣게 그을리고 고무제품도 몇군데나 삭아서 너덜거렸다.

"할머니 냉장고 안이 이렇게 국물이나 물기가 많으면 고장 나니까 깨끗이 닦고 써야 돼요. 불나지 않은 것이 다행이에요."

"아니 무슨 국물을 이렇게 많이 흘렸지?"

몇 군데 전선을 바꾸고 고무 부품도 갈아주고 녹은 곳을 닦아내고 실험을 해보니 정상으로 작동되었다.

"아이고, 살았네! 우리 오기사 정말 최고다 최고야! 저녁 금방 되니까 먹고 가?"

"아녜요 할머니 빨리 가야 해요."

"그럼 어떡해, 수리비는 저녁으로 때우려고 했는데."

"할머니 수리비가 얼만데 저녁 한 끼 가지고 되나요?"

"얼만데?"

"50만 원이요."

"뭐야? 아이고 그럼 나 안 고쳐 도로 고장내…."

"할머니, 도로 고장나게 하려면 그 수고비도 20만 원인데요!"

"어머나! 그럼 합계가 70만 원이야?"

"그렇지요."

"아이고, 그럼 이 냉장고 가져가 그럼 됐지?"

"아하, 참 곤란 한데요. 용달비가 또 5만 원쯤 들 텐데요."

"아이고 골치야. 그럼 내비두고 그냥 가 할 수 없네."

"하하하 그 방법밖에 없겠어요. 안녕히 계세요."

212

"그래 잘가. 에이 그냥 한 술 먹고가면 좋으련만…."

상진은 밖으로 나와, 약간 지대가 더 높은 곳으로 올라가 동네를 내려다 본다. TV나 말로만 듣던 판자촌, 소위 하꼬방 동네를 실제로 직접 보기는 처음이다.

상진은 조용히 그러나 굳건히 다짐한다. 앞으로 내가 할 일은 바로 여기다! 여기 사는 사람들에게 무엇인가 도와드려야 한다는 사명감 같은 그런 결심을 다짐하면서 마을을 내려간다.

이튿 날 중년층의 남녀 손님이 오더니 옛날 한복 30벌을 골라 왔다.

"사장님, 이거 모두 얼맙니까?"

"어디다 쓰실 건데 이렇게 많이 사십니까?"

"예, 연극 하는데 쓸 겁니다."

"아이구, 연극 단원들 이시군요?"

"네, 여기 싸게 주신다고 해서 멀리서 왔습니다."

"네, 싸게 드리지요. 여기 계산 좀 해봐."

"얼마씩 해 드릴까요?"

"그러니까, 보자, 사모, 관대, 족두리가, 3만 5천

원씩 2벌, 남녀 두루마기 3만 원씩 4벌, 남녀 평상복 만 오천 원씩 24벌, 계산해 봐."

"5십5만 원 되겠습니다."

"사장님 잘 좀 해 주십시요."

"우리도 예전엔 조금이라도 깎아 드렸는데, 그것이 습관이 되어 아무리 싸게 드려도 자꾸 깎으려 드니 이젠 야박하겠지만 어쩔 수 없습니다."

"예, 알겠습니다. 사실 잘 해 주신 거라 생각합니다. 아! 그리고 저 곤룡포는 얼마지요?"

"예 저 곤룡포는 아주 새것과 진배없지요. 10만 원은 받아야 하는데 많이 사셨으니 8만 원에 드리지요."

그러자 여자 손님이 말한다.

"과장님, 집에 있는 거 조금 손질해서 그냥 쓰지요."

그러자 그들은 곤룡포는 포기하고 5십5만 원만 계산하고 밖으로 나갔다.

"고맙습니다. 또 오십시요."

손님들은 차에 물건을 실으며 자기들끼리 얘기한다. 우리가 백만 원쯤 생각했는데, 절반값에 샀으니 엄청 싸게 샀다고 기분 좋은 눈치였다.

그 외에도 판매량을 보니 꽤 많은 물건을 팔았다. 도자기, 냉장고, TV, 세탁기, 그동안 상진이가 고쳐 놓은 물건도 몇 개 되었다.

특히 후줄구레한 한복 의류를 팔고 보니, 아무리 보잘 것 없는 물건이라도, 다 임자가 있다는 것을 생각하니 여기 있는 모든 물건들이 다 귀하게만 느껴진다.

늦은 오후가 되니 마지막 수집원이 리어카에 물건을 잔뜩 싣고 들어온다.

모두 중량을 달고 종류별 대로 정리하고 나서 막걸리나 기타 음료수를 대접하니 시원하다며 한 마디 한다.

"사장님! 고맙습니다."

"고맙기는요."

"오사장님이 오신 뒤로 우리 난곡 고물상 분위기가 한 층 더 좋아졌습니다."

그러자 옆에 있던 황씨도 기다렸다는 듯 한 마디한다.

"간식도 간식이지만, 무엇보다도 말씀 한 마디 한 마디가 얼마나 정스럽고 따뜻한지, 일 할 맛이 납니다."

"그야 여러분들 때문에 이 사업이 굴러가는 건데 잘 해 드려야지요."

215

그때 전화 벨 소리가 울린다.

"예, 남곡 고물상입니다. 아, 네, 안녕하십니까…
네, 네, 감사합니다."

"어디 전화야?"

"경일산업인데요. 내일 파지하고 박스 대금 입금
시키겠답니다."

"고맙군."

잠시 후 직원들은 모두 퇴근하고, 오근만과 상진이는
끝 마무리를 마치고 같이 퇴근하려 했지만 상진이는
무엇을 또 하려는지 왔다 갔다 하면서 또 늦게 퇴근
할 눈치였다.

"상진아, 그만 가자."

"아빠 먼저 들어가세요. 저 하던 일이 남았어요."

"또 새벽에 올려고 그러니?"

"아녜요. 곧 들어 갈게요."

"또 그렇게 늦게 오면, 아빠 정말 화낼 거다."

"일찍 들어 갈게요. 걱정 마세요."

"그럼 밥이나 먹고 와서 하든지 어서 가자."

기어이 상진을 데리고 같이 퇴근하였다.

한편 양지마을 성길이네 집에서는, 성길이와 할아버지가 마주앉아 이야기 중에 할아버지의 눈시울이 붉어지면서 반짝 빛나는 것을 본 순간, 그것이 눈물이라는 것을 성길은 짐작할 수 있었다.

아니나 다를까 할아버지는 울고 계신 것이다.

"할아버지! 왜 우시는 거예요?"

"기뻐서 그런다. 네가 상진이한테 가서 일 한다니까 기뻐서 눈물이 나는구나···."

"그럼 웃어야지 왜 우세요···."

"상진이 그녀석 얼마나 똑똑하고, 어른, 아이 알아보고 친구간에 의리있구··· 그 아버지는 또 얼마나 부지런하고 정직하고, 인정 많은 사람이더냐.

그런 사람들과 같이 일을 하게 되었다니, 이 할애비는 정말로 마음이 놓이는구나."

"그러니까 할아버지 울지 마세요."

"성길아, 이 할애비가 너한테 면목이 없어 미안해서 얼굴을 들을 수가 없구나."

"그런 말씀이 어딨어요. 저를 이렇게 키워주셨는데."

"나 때문에 학교도 포기하고 힘든 농사 일만 하고 고

생만 시켰으니…."

"……."

"성길아 내가 이렇게 자꾸 눈물이 나는 건 말이다, 너한테 아무것도 줄 것이 없어서 그래…. 아무것도 줄 것이 없어서…."

"할아버지 그게 무슨 말씀이세요?"

"이 집과 논, 밭, 마땅히 너를 줘야 하는데…. 너를 줘야 하는데 말이다…. 수원에 사는 네 작은아버지 알지? 그 작은아버지가, 엄청 고생하고 있단다."

"……."

"그러니 어쩌겠냐, 이제 네가 서울로 떠나면 네 작은엄마와 아버지가 여기 와서 나를 돌봐 준다고 했으니 어쩌겠냐…."

"……."

"이 집과 논, 밭은 마땅히 너를 줘야 하는데…."

할아버지는 결국 소리내어 울어 버리는 것이다.

성길어도 그 정도는 알고 있었다. 작은아버지 몫으로 준 논과 밭은 모두 팔아서 수원에 가서 장사 한다고 고향을 떠났으니, 지금 살고 있는 이 집과 남은 논 밭은 당연히 성렬이가 물려 받을 재산이다. 그러나 이제 와서 어쩌랴 상황이 상황인 만큼, 작은아버지가 할아버지를 모시고 사신다니, 그것이 오히려 고맙게 생각이 든다.

"할아버지! 작은아버지는 할아버지 아들이니까 당연히 아들을 주셔야죠. 더구나 이제 할아버지를 편히 모실텐데요."

"참으로 기특하고 속 깊은 녀석이구나···. 이렇게 착한 녀석에게 아무것도 줄 것이 없다니 더욱 눈물이 나는구나···."

"에이 할아버지두, 그럼, 이 집과 논 밭은 모두 내 재산이니까, 아무도 줄 수 없다고 악 떼를 쓸까요?"

"차라리 그랬으면 좋겠다."

"할아버지 마음 잘 알고 있으니까 진정하세요 네?"

"그러마···. 그런데도 자꾸만 눈물이 나는구나."

"이러시면 어떻게 편한 마음으로 떠날 수 있겠어요."

"그래 알았다. 하기사 외국으로 가는 것도 아닌데···."

"그럼요, 여기서 서울이 얼마나 된다구요, 틈 내서 자주 내려 올게요."

"그래 그래 내일 떠날텐데 그만 자자."

"그럼 작은아버지는 내일 오시나요?"

"내일 온다고 그랬는데, 사정이 생겨 2~3일 늦는 다고 연락이 왔구나."

이튿 날 버스 정류장으로 가면서 할아버지는 하얀 봉투를 성길이 주머니에 넣어준다.

"이거 얼마 안된다. 넣어둬라."

"할아버지 안돼요. 이 돈 꼭 갖고 계시다 아프시 면 바로 병원에 가셔야 해요."

"걱정말고 넣고 가."

그러는 사이에 버스가 도착하여 성길은 버스에 올라 타면서 돈 봉투를 할아버지에게 던지고나자 버스는 떠났다. 떠나는 버스를 하염없이 바라보는 할아버지 의 두 눈에서는 굵은 눈물이 흘러 내린다.

성길이도 누가 볼세라 얼굴을 숙이고 울면서 서울로 떠나고 있었다.

아빠의 고민

한편 광우가 파라다이스 카페를 운영한지도 어언 1년이 조금 넘었다. 초기에는 제법 사업이 잘 되는지, 마광우의 사기는 하늘을 찌를 듯 오만불손한 태도는 보는 사람으로 하여금 눈살을 찌푸리게 하였다.

그러나 언제부턴가 점점 사업이 꼬여들어 요즘은 걱정이 태산이다. 사실인즉 단골 손님이라는 사람들이 툭 하면 외상이라면 돈 한 푼 내지 않고, 오히려 바가지 씌웠다고 으름장을 놓으며 공갈협박하기 일쑤였다. 결국 말싸움이 주먹싸움으로 이어지고 경찰이 출동하는 일도 몇 번이고, 파출소로 불려가 조서 받기도 여러 차례 있었다.

확인할 길은 없지만, 당구장 주인과 카페 옆 다방 몇 몇 군데 주인과 전 카페 주인과 짜고 영업이 너무도 잘 되어서, 이제는 서울로 진출해서 대형 카페를 본격적으로 시작 하려고 파라다이스 카페를 내 놓았다는 것이다.

누구든지 이 카페를 인수하게 해 주면 소개비로

300만 원을 주겠다고 했던 것이다.

그런 상황에서 당구장 주인이 마광우를 전적으로 설득해서 결국 당구장 주인에게 현옥되어 파라다이스 카페를 인수 했던 것이다.

한 마디로 당구장 주인에게 속았지만, 300만 원을 받았다는 증거는 확보할 수 없었다.

이렇게 심하게 적자 보는 카페를 인수 했으니, 마광우가 무슨 뾰족한 사업 수단이 있어서 흑자를 낼 수 있단 말인가····.

흑자든 적자든 집세, 종업원 월급, 각종 세금, 공과금 같은 것은 어김 없이 내야 하므로 자금이 부족한 마광우는 결국 집세도 내지 못해 보증금에서 제하고 보니, 이제는 보증금도 바닥이 날 정도여서 집 주인은 나가라고 볼만이 대안하다.

마광우는 더 이상 버틸 힘이 없어 마지막 묘안을 짜낸 것이 지배인과 짜고 가짜 양주를 만들어 판매하다 적발되어 결국 구치소에 수감되고 말았다.

사정이 이쯤 되고보니, 마광우 부모는 속이 상하여 못해 까맣게 타 들어가 아예 머리를 동여매고 눕고 말았다.

이 소식을 들은 오춘만은 싫든 좋든 몇 십년을 맺어온 인연인지라 마음이 아파 제대로 잠도 이룰 수가 없었다.

오춘만은 깊은 생각에 잠긴다. 내가 이렇게 걱정만 한다고 해서 그 집 형편이 좋아지는 것도 아닌데 걱정만 해서 무엇한단 말인가?

어떻게 굳은 방법으로 도와 드려야 하나···. 곰곰이 생각하다, 결국 양지마을로 내려가 자세한 사정을 알아 봐야겠다며, 이튿 날 양지마을 마달수를 찾아 갔다.

오춘만이 인사를 하자.

마달수는 뜻밖에도 오춘만을 보자, 너무도 반갑고 기뻐서 덥석 손이라도 잡고 싶은데···. 자존심이 상하고 체면상 그럴 수가 없었다.

"자네가 웬일인가?"

대수롭지 않다는 듯 멋쩍게 인사를 받는다.

"마음 고생이 많으시지요?"

"말해 무엇하겠나!"

"너무 상심하지 마십시요. 살다 보면 별일 다 생기지 않습니까?"

마당수 부인은 오준만이 갖고 온 물건을 냉장고에 정리하고 들어오며 말한다.

"아이고 오서방! 비싼 소고기를 이렇게나 많이 사왔어?"

"뭐 얼마나 된다구요."

"얼마라니! 한 댓근은 실히 되겠구먼, 안 그래도 저 양반이 입맛이 없다고 밥도 잘 안 먹는데 잘 됐구먼…."

마당수는 오준만이 왜 왔는지, 궁금하지 않을 수 없었다. 그깟 고기나 주자고 온 것은 아닐테고, 무슨 좋은 소식이라도 갖고 오지 않았을까? 하는 막연한 기대를 하면서 오준만에게 묻는다.

"그래 무슨 일로 왔는가? 소문에 듣자 하니 무슨 사장이 돼서 사업도 잘 된다고 하던데…."

"실제로 사정을 알고 싶어서 왔지요. 은행 빚은 얼마고, 남은 논이나 밭은 얼만지…."

"그걸 알아 무엇하겠나! 빚 갚을 능력도 없고

224

저당 잡힌 거 그냥 몽땅 넘어가는 거지 별수 있
겠나? 그렇다고 남은 땅 팔아서 갚을 수도 없구…."

"그럼 남은 논 밭은 얼마나 돼지요?"

"자네도 잘 알지 않는가? 방죽 옆에 있는 것 하
구, 방앗간 뒤에 그거 하구, 뱀골에 있는 것 그거지 뭐."

"3 군데 모두 합하면 7 마지기 하고, 밭은요?"

"밭은 개울 건너 하구, 용설리 산 아래 그거지 뭐."

"그 두곳을 합하면 900평 하구요. 그게 다 예요?"

"뭐가 또 있겠는가, 다 날아가고…."

"주인님! 현재 남은 것 가지고도 얼마든지 잘 살
수 있으니까 걱정 마세요. 날아간 재산은 주인님께서
좀쓸 죽을병에 걸려 병원비로 썼다 생각하시고, 앞으
로 잘 살 궁리만 하셔야죠."

"여보, 오서방 말이 백 번 맞아요. 그걸 애타게
생각하니 없던 병도 생기잖수."

"아, 누가 그걸 몰라!?… 문제는 누가 임을 한단
말인가. 당신도 알다시피, 나도 그렇지만 광우나 광현
이 놈이 농사를 짓겠어?"

"주인님! 제가 도와드릴 테니 걱정마십시요."

오춘만의 그 소리를 듣자, 마달수는 눈과 귀가 번쩍 뜨여 다시 묻는다.

"이보게 오서방! 자네 시방 뭐라고 했는가? 그럼 자네가 다시 내 집에 오겠다는 말인가?"

마달수는 자기 귀를 의심하지 않을 수 없었다. 오춘만이 다시 와 준다면야 무슨 걱정이 있겠는가,…

"오서방! 자네 시방 뭐라고 했는 말일세?"

"제가 도와 드린다고 했습니다."

"그러니까, 오서방이 옛날처럼 내 집에 오겠다는 거지? 그런 거여?"

"예 가족들하고 의논해서 그렇게 해 보겠습니다."

"에이, 이 사람아 빤한 얘기지 가족들이 찬성하겠는가?"

사실 오춘만은 가족들도 가족들이지만, 장희장 즉 형님이 문제였다. 절대 허락하지 않을 것 같아서 확실한 대답을 못하고 엉거주춤하고 있는데, 마달수는

갑자기 달려들어 오춘만의 손을 덥석 잡으며 애처롭게 사정한다.

"여보게 오서방! 나 좀 살려주게, 자네가 와서 도와주면 나도 이제는 자네와 같이 열심히 일 할테니

그렇게 해 주게나."

그렇게 당당하고 비정했던 옛 모습은 찾아볼 수 없을만큼 안타깝고 애절했다. 그러자 부인도 한 마디 거든다.

"지나간 얘기지만, 오서방이 이사 가던 날 저 양반이 농협에 가서 백만 원을 찾아 가지고 오서방을 주려고 했는데, 모두 떠나버린 뒤였지 뭐겠수…."

"그랬었군요."

"여보게 오서방, 내 이제는 자네한테 모질게 대하지 않을테니 제발 나 좀 살려주게나…."

"제가 올라가서 바로 연락드리겠습니다."

"온다면 언제쯤 오려는가?"

"내년 농사 지으려면 그 전에는 와야지요."

"그려 그려, 그때는 꼭 와야하네. 알겠는가?"

오춘만은 그렇게 말했으나 역시 형님이 절대로 허락하지 않을 것이 분명하자 마음이 불안해 진다.

오춘만이 자리에서 일어나자 부인이 정색하며,

"아니 왜 일어나, 저녁 먹고 가야지."

"연말이 가까워지니 할 일이 많아 가야합니다."

"그렇겠지, 그럼 어여 올라가게 그리고 바로 연락하구 기다리겠네 알겠는가?"

오춘만은 어설프게나마 약속을하고 밖으로 나왔다.

그러자 과댁우 내외가 대문 밖까지 따라 나와 인사를한다. 예전의 모습은 찾아볼 수 없을만큼 정스런 성의에 연민의 정을 느끼며 버스 정류장으로 향했다. 하늘은 잔뜩 흐려 금세 눈이라도 올 것 같은 날씨가 제법 쌀쌀함이 느껴진다.

친구 민정기를 만나고 가려 했으나 일 나가고 없어 그냥 서울로 떠났다.

서울에 도착하여 고물상에 들어가니 성길이가 무엇인지 열심히 들여다 보고 있다.

"지금 오세요?"

"아이구! 이게 다 뭐냐?"

"고장난 TV 인데요, 상진이가 이렇게 다 뜯어 놓고 이쪽은 정상이고 이쪽은 고장난 건데요, 이쪽과 이쪽의 부품이 다른점을 찾으라는 거예요."

"그런데 상진이는 어딜 갔냐?"

"밥 먹으러 집에 갔어요."

"너는 먹었니?"

"네. 아저씨… 아 참 사장님! 식사 하셔야지요."

"조금 있다 먹을란다. 상진이 오면."

"상진이는 정말 천재인가 봐요."

"그게 무슨 말이냐?"

"이런 걸 누구한테 배우지도 않고 어떻게 잘 고치는 지 모르겠어요."

"너도 할 수 있어. 문제는 꾸준한 노력 아니겠니?"

"그리고 또 기막힌 일이 있었어요. 나같으면 만원이라도 안 살 텐데…, 저기 진열장에 있던 도자기 말예요 그걸 글쎄 300만 원에 팔았어요."

그 말을 듣자 오준만은 놀라지 않을 수 없었다. 한 달 전쯤, 어떤 손님이 100만 원을 준다고 했을 때, 속 으로는 이게 웬 횡재냐! 하고 팔려고 했을 때, 상진이가 절대로 그 값에는 팔 수 없다고 했던 생각이 났다. 그러더니 결국 상상도 못 할 300만 원에 팔았다니…,

아들이 대견하고 역시 나와는 많은 것이 다르다는 것을 새삼 느끼게 한다.

잠시 후에 상진이가 들어오며 말한다.

"성길아, 고장난 부품 찾았어?"

"아무리 봐도 모르겠어."

그때 오춘만이 사무실에서 나오면서,

"너 도자기 팔았다면서?"

"오셨어요. 식사 하셔야죠, 엄마가 기다리시는데."

"우리 아들 재주가 보통이 아닌데!"

"아빠가 말씀하셨잖아요. 옛 그림이나, 고서적, 서예품 도자기 같은 오래 된 공예품은 함부로 팔지 말라고…."

"그야 그렇지만, 어느 정도의 진품인가는 우리가 잘 모르잖아."

"그러니까 눈치로 감을 잡았지요. 그 손님은 그냥 평범한 손님같지 않고 전문가 같은 그런 인상을 받았어요. 도자기를 보는 스타일 자체가 달랐거든요. 요리 보고 저리 보고 심지어는 밑 바닥까지 보면서, 살짝 두드려도 보는데 분명 전문적인 도자기 감정사가 아닐까! 하는 생각이 들어서 비싸게 불렀는데…, 뭐 그렇게 억지로 깎지도 않더라구요. 아마 500만 원 이라도 구입하지 않았을까 하는 생각도 들더라구요."

"야! 상진아 너 언제부터 그런 배짱이 있었냐?"

"언젠가 TV에서 어느 전문가가 말하는데, 진짜 고려 청자라면 몇 천만 원도 한다는 얘기를 들은 적이 있었어."

"뭐!? 몇 천만 원? 야! 우리 공부 좀 해야겠어."

"오오라, 성길이도 뭔가 감이 잡히는 모양이구나."

"그렇잖아요? 역사적으로 볼때, 그 시대에 빼놓을 수 없는 것이 중요한 예술품 이잖아요."

"그래 맞아 그런데 그 공부는 차차 하기로 하고 성길아 빨리 고장난 부품이나 찾아라."

"아이고 골치야. 오박사님! 그러지 마시고 그냥 좀 가르쳐 주십시요 네?"

"하하하, 그래 좀 봐줘라."

"자, 여길 봐 이 전선을 주욱 따라가다 보면, 바로 여기 이곳을 한 번 껍질을 벗겨 봐. 이렇게 까맣게 탔잖아 보이지?"

"속이 그런걸 겉에서 어떻게 알지?"

"여기서부터 이곳을 잘 봐 색깔이 약간 다르지?"

성길이는 알았다는 듯 고개를 끄덕인다.

"또 여기는 고무 바킹이 다 닳아서 서로 닿으니까 스파크가 일어나 탔잖아. 그러니까 이 선과 고무 바킹 모두 교체해 주고 오물도 끼어있으면 접촉이 안되니까 깨끗이 닦아줘야 해."

"예, 알겠습니다. 박사님 감사합니다."

그 장면을 물끄러미 바라보던 오춘만은 성길이도 아들같은 생각이 들어 마치 형제간에 의 좋게 일 하는 모습이 여간 보기 좋고 마음놓여 흐뭇한 생각에 잔잔한 미소를 지었다.

"애들아 나 먼저 들어갈 테니 일찍들 들어와."

"네, 들어 가세요."

상진과 성길은 뜯어놓은 부품을 하나하나 다시 조립하여 시험해 보니, 정상적으로 작동되는 TV로 재탄생 하게 되었다.

오춘만은 마달수와 약속한 것을 가족들에게 어떻게 설득하여 승낙을 받아내야 할지, 그것이 보통 문제가 아니라는 사실에 고민이 깊어진다.

　그 지긋지긋한 머슴살이 농삿일을 또 하겠다면 세상에 어느 누가 그렇게 하라고 하겠는가?···

　오준만은 며칠이 지나도록 묘안이 없어 말도 못하고 근심만 깊어간다.

　아무리 생각해 봐도 뾰족한 해결책이 없어 무작정 부딪쳐 보자고 어제 가족들한테 얘기를 꺼내놓고 혹시나 했는데···, 역시나였다.

　부인 양씨는 말할 것도 없고 상진이나 상미 역시 그게 말이 되느냐고 아예 그 자리에서 더 이상 얘기 자체를 꺼낼 수 없을 정도로 싸늘한 표정으로 돌아서 버렸다.

　왜 안 그렇겠나! 내 자신이 생각해 봐도 참 바보같은 생각이 들었다. 그렇다고 마달수와의 약속을 어기자니 양심이 허락질 않고, 모르는 척 돌아서자니 그 딱한 사정이 마음 아프다.

　내년 농사를 지으려면 빨리 내려가서 준비해야 할 일이 많은데 정말이지 걱정만 점점 깊어갔다.

　그러다가 묘안 이라면 묘한 생각이 떠 올라 용기를 내어 마지막이다 싶게 단도직입적으로 의논하고자 형님과 마주앉았다.

"무슨 얘긴데 그렇게 뜸을 들이냐!?···."

"예 형님···."

"그렇게 힘들고 어려운 얘기라면 더 생각해 보고 그때 얘기하지···."

"아··· 아닙니다 말씀 드리겠습니다."

"나 지금 거래처 사람과 약속이 있으니 다음에 얘기하세."

오준만은 이해할 수가 없었다. 무슨 일이든지 나의 고민과 어려움은 적극적으로 들어주고 도와주는 형님인데, 아예 얘기 자체를 들으려 하질 않는 것이다. 혹시 집사람이 형님한테 얘기한 게 아닐까? 집에 돌아와 부인 양씨에게 물었다.

"여보! 혹시 형님한테 얘기했어요?"

"무슨 얘기요?"

"양지마을에 간다는 얘기···."

"배은망덕도 유분수지 어떻게 그런 얘길해요?"

부인은 바라보지도 않고 툭 던지듯 말을 하고는 아예 상대도 하지 않고 나가 버린다.

　모준만은 벙어리 냉가슴 앓듯 답답한 마음으로 또 그렇게 며칠이 지나갔다.

　이제는 되든말든 사생결단 하고 형님과 다시 마주 앉았다.

　"형님! 솔직히 말씀 드리겠습니다."

　"⋯⋯?"

　"저⋯ 양지마을 마영감 넘댁 일을 도와 드려야 하겠습니다."

　"아유! 지금 무슨 얘길 하는 건가? 다시 농삿일을 하겠다는 건가?"

　"농사 짓는 것이 아니라, 그분을 도와 주겠다는 겁니다. 너무도 어려운 곤경에 처해 있습니다."

　"도와주다니, 그것이 머슴살이를 다시 하겠다는 것과 무엇이 다르단 말인가?"

　"머슴살이가 아닙니다. 당분간 도와 주는 겁니다."

　"지금 자네가 제 정신인가? 그게 말이 된다고 생각하느냐 이 말일세."

　"형님 입장에선 당연히 그러실 겁니다. 하지만⋯."

　"그런 얘기 하고 싶지 않으니까 없던 일로 하세."

장 회장은 너무도 기가 막혀 자리에서 일어나 나가려 하자, 오춘만은 그의 앞을 가로 막으며 버티고 섰다.

"형님! 허락해 주시지 않아도 좋으니 제 말씀 조금만 더 들어 주십시요."

오춘만의 처절하리만큼 간곡한 부탁에 어쩔 수 없이 다시 자리에 앉았다.

"형님은 저와 피 한 방울도 섞이지 않은 사람이고 또한 형님은 저에게 눈곱만한 신세진 일도 없으십니다.

그런데도 형님은 저에게 호텔같은 집을 내주시고 꿈에도 생각못할 사업까지 마련해 주셨습니다.

형님은 저에게 형님 이상의 아버지같은 존재 이십니다. 오춘만의 그 진지하고 확고한 자세에 감동을 받았기에 그의 말을 단 칼에 자를 수가 없어서 조금 더 들어보기로 했다.

"형님, 지금 그 마영감님은 너무도 어려운 처지에 놓여 있습니다. 1년 3개월만에, 논 7마지기, 밭 2,500평이 날아갔습니다.

그 사람은 워낙 인심을 잃어, 누구 한 사람 도와주는 사람이 없습니다.

"......."

"오갈곳 없는 받아주어 오늘에 제가 있듯이 그분은 저의 은인이십니다. 그런 은인이 생애 가장 어려운 입장에 처해 있는데, 어찌 모르는 쳐할 수 있겠습니까? 만일 형님이 그런 처지에 놓여 있다면, 형님은 아마 발벗고 나서서 도와 주실 것이 불을 보듯 빤합니다.

"아우! 내 말 오해하지 말고 잘 들게나. 아우가 지금 살고 있는 집이나 사업장을, 돈 한 푼 받지 않고 아우 이름으로 다 넘겨줘도 나는 아깝지 않아. 그러나 아우가 열심히 일해서 집이나 사업장을 반에 반 값이라도 내 놓아야 아우도 떳떳하지 않겠나?"

"예 예! 백 번 옳은 말씀입니다."

"그렇다면 열심히 일을 해도 어려운 노릇인데…. 세상에 사업도 팽개치고 다시 시골로 내려가 머슴살이를 하겠다고? 대체 이게 말이 되는가?"

"형님께서 저를 머슴살이에서 구제해 주셨듯이 저는 이제 그분을 어려움에서 도와 드리려는 겁니다. 형님! 절대 머슴살이가 아닙니다."

"그렇다면 그 대가로 얼마라도 받을 수 있는 보장은 확보되었는가? 옛날은 한 푼도 받지 못했잖은가?"

"형님께선 저를 아무런 조건없이 도와주셨듯이 저도 그렇게 형님처럼 도와주고 싶습니다."

오춘만의 한 마디 한 마디는 참으로 진실하고 인간미가 넘쳐, 오히려 그 자신이 약간은 부끄러운 생각도 드는 것이다.

"형님, 마지막으로 한 말씀 드리겠습니다. 형님께서 반대하시는 강도가 강하면 강할 수록, 그만큼 저를 아껴주시고 사랑해 주시는 반증이지요.

저도 총무과 김부장에게 들어서 알았습니다만 형님께서는 형님을 키워주셨다는 고아원을 잊지 못해 근 20여 년을 빠짐없이 매년 추석과 구정 때면 어김없이 고아원을 찾아가, 큰 도움을 주고 오시는 것처럼 저도 저의 은인을 찾아가 은혜를 갚는 사람다운 일을 하며, 형님처럼 그렇게 살고 싶으니 허락해 주십시요."

오춘만은 생각했다. 여기서 더 말을 한들 그 얘기가

238

그 얘기 된 것 같고, 인생이란 이런 것이다, 저런 것이다, 라면서 무슨 논쟁이라도 벌이는 것 같아 그만 하기로 하고 자리에서 일어섰다.

장회장은 참으로 기가 막혔다. 30여 년을 머슴살이를 하고서도, 끝내 모은 돈이라고는 단돈 10만 원도 없는 처지에···. 그래도 은인이라며 도와 줘야 한다는 그 참된 인간미에 탄복하여 더 이상 말리고 싶지 않아 그냥 가게 내버려 두기로 했다. 그런 일이 있은 후 며칠이 지났다.

사무실 전화벨 소리가 울린다.

"네, 난곡 고물···. 아 큰아빠 안녕하세요?"

"그래, 상진아 너 지난번에 도자기 하나를 300만 원에 팔았다면서?"

"네··· 그런데 뭐가 잘못 되었나요?"

"아니다, 우리 상진이가 착하고 재주도 많지만, 사업 수완까지 좋을 줄은 몰랐구나!"

"수완은요, 운이 좋았지요."

"아니다. 그런 것이 바로 수완이지···. 그건 그렇구

아빠 좀 바꿔라."

"거래처 손님하고 나가셨는데요."

"들어오시면, 큰아빠가 좀 보자고 해라."

"네에 알겠습니다."

얼마 후에 오준만이 들어왔다. 큰아빠가 하신 말씀을 전하자, 순간 오준만의 표정이 굳어지는 느낌이 들어 걱정스레 물었다.

"아빠! 무슨 일이 있어요?"

오준만은 아무런 대답도 없이 그냥 밖으로 나가 장회장 사무실 앞에서 노크를 했다. 안에서 들어오라는 소리가 들렸다.

"어서와 거기 좀 앉지…."

장회장은 서류를 대충 정리하고 소파에 마주 보고 앉는다.

"내가 며칠을 곰곰이 생각해 봤는데…. 내 생각이 짧았네. 아무 생각이 훌륭해. 그래서 나는 승낙하고 싶은데…."

거기까지 말을 하고, 무슨 곤란한 일이 있는 듯 잠시 말을 멈추고 오준만을 바라본다.

240

그리고는 잠시 후 다시 말을 이었다.

"내가 승낙하기에는 좀 문제가 있네...."

"문제라니요?"

"실은 제수씨와 약속한 것이 있네. 제수씨한테 그 말을 듣고는 내가 더 흥분하여 절대로 승낙할 수 없다고 제수씨와 철통같이 약속했네.

그런데 이제 와서 그 약속을 깨버리면 제수씨가 나를 어떻게 생각하겠나?"

"형님, 제 처나 저는 배운 것이 없어 무식하지만, 그렇다고 인간사 문제까지 그렇게 꽉 막힌 사람은 아닙니다."

"그래 그건 나도 인정하지. 인정 많고 사리가 분명하고 확실한 사람이지."

"그래서 말씀 드리는데요, 형님께서 설득하면 그렇게 끝까지 고집 부리지는 않을 겁니다."

"좋아! 내가 제수씨한테 사과하고 한번 설득해 보겠네."

"고맙습니다. 형님 아니면 아무도 해결 못합니다."

"고맙기는 이 사람아. 그렇게 훌륭한 생각을 하고

있는 아우인데…, 그런데 얼마 동안 봐 줄 생각인가? 설마하니 몇 3년은 아니겠지?"

"몇 3년 이라니요! 한 1년 정도 생각하고 있습니다. 일도 일이지만 어찌 보면 희망과 용기를 불어 넣어 주는 것이 중요한 것이 아닐까 합니다."

"맞네 맞아! 지금 당장은 엄두가 나지 않아도 사리고 있지만 아우의 믿음에 힘 얻어 용기가 생길 걸세"

"형님이 알아주시고 이해 해주시니 감사합니다."

"가세! 쇠뿔도 단김에 빼라고 마음이 변하기 전에 지금 당장 가세."

오춘만은 너무 좋아, 마치 어린아이처럼 신이 나서 사무실을 나와 앞장 서서 자기의 집으로 향했다.

"어머나! 아주버님, 어서 오세요. 그런데 뭔 일로…"

"뭔 일 이긴요, 밥 얻어 먹으러 왔지요."

"오늘은 손님하고 밖에서 하신다고 해서…·"

"아, 네 그런데 갑자기 취소 됐어요."

"그래요! 이를 어쩌지 아무것도 없는데…·"

양씨가 밖으로 나가려 하자 장회장은 그의 앞을 가로 막으며 말한다.

"제우님이 만든 음식은 아무거나 다 맛있으니까
괜찮아요. 아무거나 주세요."

"정말 아무것도 없어요. 시래기 국밖엔…."

"시래기국이요!? 아이구, 바로 그게 그렇게 먹고
싶었어요. 그것만 있으면 다른 반찬 다 필요 없어요."

"형남, 마드가 바로 코 앞인데 조금만 참으세요."

"이 사람아 배고픈데 언제 기다려."

그때 마침 상진이도 일을 마치고 돌아왔다.

"어! 큰아빠 오셨어요?"

"오 그래, 그런데 친구는 왜 안 오니?"

"할아버지께서 많이 편찮으셔서 양지마을에
내려 갔어요."

"그 친구도 꽤나 착해 보이더라."

"네 정말 착한 친구예요. 거기다 효손이구요."

"그런데 상미가 안 보인다."

"상미가 요즘 바쁜 대요. 상미야 밥 먹어…."

상미가 내려 오면서

"아, 큰아빠 오셨어요?"

"오, 그래 밥 먹자."

"아주버님, 시장하신데 어서 드세요."

"아이구! 이 구수한 냄새, 시래기 된장국은 맛도 맛이지만 영양가가 그렇게 많아진다요?"

"그렇다고 그러네요. 어서 드세요."

모두 둘러앉아 즐겁게 저녁 식사가 끝나고, 양씨와 상미는 설거지를 하고 상진이는 2층으로 올라갔다.

오춘만과 장회장은 물끄러미 앉아 있기가 어색하여 TV를 켰지만 화면은 보는 둥 마는 둥···, 가족들에게 어떻게 설득해야 할까 하는 생각뿐이다.

얼마쯤 기다리니 설거지가 끝이 났다.

"제수님, 이리 좀 앉으세요."

"네!? 무슨 일이라도···"

"상미야 오빠 좀 내려오라고 해라."

상진이가 2층에서 내려오니 가족 모두가 한 자리에 앉았다. 그러나 이상하게도 분위기는 좀 어색했다.

양씨는 장회장과 오춘만의 눈치를 힐끔힐끔 훔쳐보며 생각해 본다. 갑자기 무슨 일로 왔을까? 남편이 양지마을로 가겠다는 그 문제일까?····.

분위기가 좀 어색하자 눈치빠른 상미가 말문을 연다.

"큰아빠, 독일에서 태어난 손자가 큰아빠를 닮았다면서요?"

"어? … 오오 글쎄 그렇다는구나…"

"그런데도 보고 싶지 않으세요?"

"왜, 보고 싶지 다음 달 초에 가 볼 예정이다."

"저는 난생 처음 조카가 하나 생겨서 보고 싶은데 언제쯤 볼 수 있지요?"

"내년 봄에 사위가 독일 근무를 마치고 본사로 오니까 그때는 볼 수 있겠지?"

"네에, 빨리 보고 싶은데…."

상미가 말을 마치자, 침묵이 흐르고 분위기는 다시 또 어색한 느낌이 든다. 그러자 장회장이 용기를 얻었는지 헛기침을 한 번 하고 나서 말문을 연다.

"제수님! … 실은 제가 제수님께 큰 실수를 해서 용서 받고자 왔습니다.

"실수라니요…."

"실수 치고는 너무 큰 실수라서 옛날 같으면 석고대죄를 할만큼 큰 실수를 했습니다."

"……?"

"이 아우가 마영감 집에 가서 일 하겠다는 것을
승낙하고 말았습니다."

"네!?… 승낙 하셨다구요?"

"아우의 말을 자세히 듣고 보니 승낙 하지 않을 수
없었습니다."

"아주버님, 어쩌면 그러실 수 있습니까, 저 사람
을 친동생 이상으로 생각하시는 분이, 어쩌면 그러실
수가 있단 말입니까?"

"제수님! 제가 저 사람을 친동생 이상으로 생각
하기 이전에, 저 사람은 제수님이 가장 사랑하는
남편이고, 아이들한테는, 더 없이 소중한 아버지 라는
것도 잘 압니다. 그런 남편이, 그런 아버지가 생각조
차도 하기도 싫은 머슴살이를 다시 하겠다니, 얼마나
기 막힌 노릇입니까?

세상 사람 그 어느 누구라도 똑같은 마음일 겁니다.

하지만 우리 가족들은 저 아우를 자랑스럽게 생각해
야 합니다. 아니, 저 아우의 정신을 본 받아야 합니다.

왜냐 하면…."

장회장은 잠시 말을 멈추더니 물 한 모금을 마신다.

가족들은 돌이 된 듯 미동도 없이 장회장의 말을 기다린다.

"왜냐하면… 머슴살이 30여 년 동안, 사람 대접 제대로 받지도 못하고, 마지막엔 빈 손으로 나왔어도 그 사람을 원망하지 않는 사람입니다.

일가친척이나 피붙이 하나 없고, 이집저집 여 돌아 다니며 구걸하면서 굶기를 밥먹듯 하고, 밤이면 다리펴고 한 번 잘잘 곳도 없이 다리 밑에서 잠을 깔고 잠을 자야 했던 그런 처지에서, 마영감이 받아준 그 자체 하나 만을 평생 잊지 않고 은인으로 생각하는 그런 사람입니다.

그런 평생의 은인이 지금 가장 힘들고 어려운 처지에 놓여 있는데,… 어떻게 나는 호텔 같은 집에서 잠을 자고 맛있는 음식을 먹는다 한들 실로 가겠냐는 것이 저 사람의 심정입니다.

이제는 머슴살이가 아니라 그 사람을 도와주는 입장이 되었으니, 이 얼마나 다행이고 감사해야 할 일이냐고 생각하는, 보통사람은 생각할 수 없는 일이지요. 이렇게 훌륭하고 아름다운 생각을 가진

저 아우의 뜻을 꺾는다면, 우리의 가족들은 참으로 옹졸하고 부끄러운 일이라고 생각합니다.

그러니 제수님, 그리고 상진, 상미야, 우리 모두 남편이자 아버지의 훌륭한 뜻을 들어 주었으면 합니다.

여기까지 듣고 있던 가족들은 이미 눈물을 흘리고 있었다.

"끝으로 제수님께 약속을 지키지 못해 진심으로 사과드리고 용서를 바랍니다.

그리고 장회장은 조용히 일어나 밖으로 나갔다.

가족들은 돌이 된 듯 굳어있고, 뒤늦게 오준만이 일어나 밖을 나가보니, 장회장은 이미 저만큼 멀어져 뒷모습만 바라보고 있었다.

고향으로 돌아가리

그런 일이 있은 후 3일쯤 되는 날이다.

장회장에게 전화가 걸려왔다.

"여보세ㅡ어, 아우인가?"

"예 형님! 오늘 저녁 식사는 꼭 저희집에서 하셨으면 해서요."

"조금 늦을텐데..."

"늦으시면 어떻습니까. 남의 집도 아닌데."

"왜, 무슨 날인가?"

"무슨 날이긴요, 형님하고 술 한 잔 하고 싶어서요."

"알았네."

전화를 끊고 1시간쯤 기다리니 현관 벨소리가 울린다. 옆에 있던 상미가 열어준다.

"큰아빠."

"오 그래 상미야."

집안에 들어서자 얼큰하고 맛있는 냄새가 코를 자극한다. 음식 냄새에 주방쪽을 바라보니, 장회장의 부인 홍여사도 주방 일을 돕고 있었다.

"어! 당신도 왔구려?"

" 동서가 오라고 얼마나 재촉하는지 거기다 상진이까지 그러니 안 오고 배겨요?"

" 아주버님, 다 됐으니 그려 앉으세요."

" 오늘은 뭔데 이렇게 냄새가 좋지요?"

" 매운탕을 좋아하셔서 붕어하고 쏘가리 좀 넣어 끓였어요."

" 아! 그거 좋지요."

" 자, 형님 한 잔 받으십시요. 형수님도요."

" 저는 술 못해요."

" 오늘 여기 있는 사람은 반에 반 잔이라도 마셔야 합니다. 자 반 잔만 받으세요."

" 술병 이리 주게, 아우도 한 잔, 그리고 제수님도 한 잔 드시구요. 그리고 상진, 상미도 한 잔 받아라."

이렇게 모두 6명이 술잔을 앞에 놓고.

" 자! 우리 두 가족의 화목과 건강을 위하여 건배!"

모두가 술잔을 높이 들어 건배를 외치며 모두 마셨다. 그리고 매운탕물 한 숟갈 입에 떠 넣은 홍여사는 감탄하며 한 마디 한다.

"어머나 세상에! 우리 동서는 식당을 차렸어야 하는거 아녜요?"

"큰엄마 그건 좀 곤란한데요."

"곤란하다니?"

"그렇게 되면 사방 2~3백 미터 내에 있는 식당들은 모두 문을 닫을지도 모르잖아요."

그러자 모두 한바탕 웃음이 터져 나왔다. 이렇게 두 가족이 한 가족이 되어 화목한 저녁식사를 마치고 설거지도 모두 마치고 나서, 차 한 잔씩 마시는데 상진이가 말을 꺼낸다.

"여러분! 저와 상미가 드릴 말씀이 있습니다. 큰아빠 큰엄마는 이쪽으로 나란히 앉으시고, 아빠 엄마는 이쪽으로 나란히 앉으세요."

이렇게 자리를 배치하고, 상진과 상미는 그 중간에서 약간 뒤로 나란이 섰다.

그리고 상진이가 먼저 말을 꺼낸다.

"저희들은 이 순간부터, 큰아빠 큰엄마, 아빠 엄마를, 큰아버지 큰어머니, 그리고 아버지 어머니로

명칭을 정식으로 바꾸겠습니다."

"오, 그거 의미있구나!"

"그럼 지금부터 큰아버지 큰어머니, 그리고 어머니를 모시고, 저희 아버지께서 훌륭하신 뜻을 품고 낙향하시게 됨을 기쁘게 생각하는 뜻으로, 아버지의 낙향 전송식을 거행하겠습니다."

"뭐라고? 낙향 전송식?"

"예, 아버지의 낙향전송식입니다."

"저 오상진은 저희 남매를 낳아 주신 것을 아버지 어머니께 진심으로 영광스럽게 생각하며 감사드립니다."

"저 오상미는 저희 남매를 잘 키워주신, 아버지 어머니께 진심으로 그 은혜에 감사드립니다."

장회장과 홍여사는 감동하여 뜨거운 박수로 남매를 격려한다.

"저 오상진은 동생과 함께, 큰아버지 큰어머니 그리고 아버지 어머니라고 부를 수 있는 인륜의 촌수를 진심으로 영광스럽게 생각하며 기뻐합니다."

"저 오상미는 오빠와함께, 큰아버지 큰어머니 그

252

러고 아버지 어머니의 부지런 하시고, 무슨 일이든지 정성을 다 하시며 특히! 사람 사랑하시는 인품을 본받아 저희들도 그렇게 닮아 가기로 노력 할 것 입니다."

"이제 아버지께서 도탄에 빠져있는 옛 은인을 돕고자 훌륭하신 뜻을 품고 낙향 하시게 되었음에 우리 가족은 기쁜 마음으로 보내드립니다."

"이제 아버지의 그 뜻이 그대로 이루어 지기를 바라며 1년 후 건강하신 모습으로 귀환 하시기를 바라면서 이상과 같이 아버지의 낙향 전송식을 마치겠습니다. 감사합니다."

장회장 부부와, 아버지 어머니는 감격에 찬 표정이 역력했으며 그러기에 한동안 침묵이 흘렀다.

이윽고 장회장이 박수를 치며 벌떡 일어서더니, 상진 상미를 껴안고 등을 토닥여 주었다.

"정말 훌륭하고 훌륭했다. 너희들이 내 조카라는 것이 자랑스럽고 고맙구나. 자 마지막 술잔을 들고 낙향의 성공을 위하여 건배하자."

모두 잔을 높이 들어 건배로 전송식을 마쳤다.

"상진아, 상미야 1년 후 귀환식도 열어야겠지?"

"물론이지요."

"그때 나도 끼워 주는 거지?"

"에이, 그때도 큰아버지 큰어머니가 참석치 않으시면 그건 술이 없는 잔치지요."

"하하하, 이녀석 좀 보게, 사람 기쁘게 하는 재주도 보통이 아닌데..."

장회장 부부가 현관을 나가자, 모두 현관 밖까지 나와 인사를 하고 헤어졌다. 제법 날씨가 춥다. 오춘만은 장회장 부부와 함께 저만큼 같이 걸어간다.

"정말 아이들 잘 키웠네."

"형님 덕분이지요."

"이 사람아 왜 나를 거기다 끼우나?"

"모든 것이 다 형님 덕분에 이렇게 된 거지요. 이번 일만해도 그렇잖아요? 형님 아니면 아무도 해결 못하죠."

"그렇게 생각한다니 고맙군."

"형님, 형수님 고맙습니다."

"이제 그만 들어가 날씨가 춥네."

"네 그럼 잘 살펴 가십시요."

이튿 날 부인 양씨는 남편의 이것저것 짐을 챙겨 주었다.

"여보 너무 무리하지 마세요."

"당신한테 정말 미안하고 면목이 없소. 어려운 일을 허락해 줘서 고맙구…."

"알았어요. 어서 가세요. 아 참, 일주일이나 열흘 안에는 꼭 한 번씩 와야 해요?"

"걱정 말아요. 오지 말라고해도 보고싶어서도 올테니" 이렇게 오춘만은 양지마을로 떠났다.

그리운 옛 친구들

수원에서는 꽤 이름이 알려진 유명한 '친구야' 라는 호프
집이 있다. 오늘 이곳에는 늘 그리웠던 옛 친구들이 모이는
날이다. 연웅, 지홍, 병석, 상진, 수석, 성칠, 광우, 영길, 만석

이름하여, 그 옛날 양지마을 씨름판 어린이들이 하나
둘씩 속속 모여들고 있었다.

이 호프집 주인은 만석이다.

다른 친구들은 몇 번씩 왔었지만, 영길이는 원양어선
에서 일하는 관계로 오늘 처음 오는 것이다.

그러기에 모든 친구들은 영길이를 꼽혀 기다리고 있는
것이다. 얼마 후에 영길이가 모습을 드러내자 모든 친구들
이 열렬히 박수를 치며 환영 하면서 서로 힘차게 부둥켜
안는다. 유독 지홍이가 오랫동안 포옹을 풀지 않자, 연웅이
가 큰 소리로 말한다.

"지홍아, 이제 그만 좀 떨어 져라 나도 안아 보게."

그제서야 돌아가면서 한 번씩 뜨겁게 포옹을 하고 나서
모두들 자리에 앉았다.

"만석아! 미안하다. 개업했다는 소식은 들었지만

올 수가 없었어."

"야, 누가 그걸 모르냐? 고생 많았지?"

"고생이야 뭐... 다 그런 것 아냐? 그건 그렇고 이 홀 인테리어 정말 끝내준다."

영란이는 오늘 처음 왔기에 홀 구석구석을 돌아보며 연신 감탄을 자아낸다. 사람보다 더 크고 작은 나무들이 여기저기 즐비하고 사이사이엔 꽃들이 피어있고, 그런가 하면 물레방아가 돌면서 도랑물이 졸졸 흐르니, 금상첨화로 새소리 물소리도 들려온다.

어디 그뿐인가. 조명 또한 신비롭고 신비로워 황홀하하다. 깊은 산 속에서 새소리 물소리를 녹음하여 틀어놓으니, 이곳이야말로 정말 산 속이 아닌가 하는 착각마저 들 정도였다.

시간에 쫓기고 매연에 찌들고 소음에 시달리는 도시민들이 못처럼 시간 내어 이런 곳에서 맥주 한 잔 또는 기타 음료수 한 잔 마시니, 어찌 마음이 평온해지지 않겠는가. 사람들이 몰려오는 것은 너무도 당연할 수밖에 없는 것이다.

"얘들아! 만석이가 성공한 이유를 알 것 같다.

역시, 남다른 뭐가 있어야 한다니까."

"영길아, 구경은 차차하고 우선 맥주 한 잔씩 건배하자. 이런 날이 언제 있었냐."

사실 그랬다. 9명 전원이 한 날 한 시에 만난 것은 초등생 6학년 이후 처음있는 일이니 얼마나 기쁘고 반가워할 얘기들이 많겠는가. 와글와글 시끌시끌 도대체 누가 누구에게 무슨 얘길 하는 건지 전혀 알 수가 없었다. 상황이 이렇게 되자, 수석이가 고함치듯 큰 소리로 손뼉을 치며 소리 높혀 말 한다.

"스톱! 스톱 누가 교통정리 좀 해야겠다."

"맞다 맞어 이건 대화가 아니라 완전 소음이다."

"만석아 어떻게 좀 정리해 봐."

"자 자 여러분! 지금부터 내 의견에 적극 협조 바랍니다."

그러자 물 끼얹은 듯 삽시간에 조용해졌다.

"첫째, 절대로 과음해선 안된다. 내가 이걸만큼만 마신다. 왜냐하면 잘 알다시피, 술에 취하면 사소한 말에도 오해가 생겨 싸움이 일어나기 쉽기 때문에 절대 과음하지 않는다. 약속하겠습니까?"

"예. 약속합니다."

"감사합니다. 그럼 지금부터 한 사람씩 얘기하는데 주제는 자기가 현재 하고 있는 일에 있어서, 가장 참 들었고 어려웠던 일 또는 보람을 느꼈던 일을 얘기하는데 주어진 시간은 15분, 9명 전원이 얘기를 마치면 그 시간이 조금 넘으니까, 시간 엄수하기 바라며

단! 얘기 하는 사람 외 8명은 조용히 일방적으로 듣기만 한다. 궁금하거나 묻고 싶은 이야기는 별도의 기타 시간에 한다. 알겠습니까?"

"알겠습니다. 역시 우리들의 명 사회자다."

"그 다음엔 노래방에서 1시간 정도 즐기다, 여관에서 합숙하며 2차 얘기 시간을 갖는데, 주제는 자유. 다음 날 오전 10~11시 사이에 기상하여 아침 겸 점심을 먹고, 오후에 각자의 일상으로 돌아간다. 이상입니다. 이의 없습니까?"

친구들은 감동의 함성을 지르며 박수로 환영한다.

"역시 우리 관석이 알아 줘야해."

"감사합니다. 그러면 제일 먼저 1번 타자는, 영길이는 바다에서 생활하니까 특별하기에 영길이가 먼저

했으면 좋겠는데 어떻습니까?"

친구들은 좋다고 박수로 응답한다.

"영길아 시작해."

"사실 처음엔 꿈과 기대가 대단했어. 어서 빨리 배가 출항 하기만을 기다리는데,… 드디어 뱃고동이 울리면서 서서히 배가 움직이는데, 가슴이 막 뛰더라구……

TV나 음향으로만 듣던 고동 소리가 귓전에서 울리니 과연 이것이 꿈은 아니겠지? 싶어지더라구…. 그런데 몇 시간을 가도가도 보이는 것은 망망대해, 얼마나 단조롭기만 하고 지루한지, 거기다 배멀미가 나면서 어지럽고 컨디션은 점점 다운되고 정말이지 기분은 땅에 떨어지고 말았지, 거기다 설상가상으로 집채만 한 파도가 밀려오면 배가 뒤집혀 이러다가 꿈이고 뭐고 다 허사로 죽는 게 아닐까? 하는 공포감마저 드니, 열흘이 못 가서 육지가 그리워지기 시작하는데…, 바람은 거세어 춥고 일은 힘들고 점점 후회감이 들기 시작했지…,

그러면서 1달 2달… 1년 2년이 흐르면서 적응을 하다보니, 이제는 아무리 파도가 거세고 비바람이 몰아쳐도 눈 하나 깜짝않고, 할 일 다 하는 체력이 되자 정신

260

적으로나 육체적으로 강인한 삶을 살 수 있게 되었음이 가장 큰 보람이 아닐까 하는 생각이 들었다."

영걸이의 이야기가 끝나자 친구들은 박수로 화답했다.

"야! 이건 뭐, 드라마 보는 느낌이야, 안 그러니?"

"그래서 그런가 재 피부 좀 봐, 엄청 두껍고 완전 구리빛이야, 그야말로 남성미 NO1 아니냐?"

"얘기가 특별한 관계로 약 7분이 초과 됐지만 다음 타자는 시간엄수 바랍니다."

다음은 그 옆에 앉은 우체국에 다니는 연웅이인데 특별한 얘기가 없다며 사양했고.

그 다음은 슈퍼마켓을 운영하는 지홍이인데, 역시 특별한 얘기가 없다고 사양했다.

"그럼 다음은 상진이 시작할까?"

"얘들아, 난 고물상에서 일 하지만 그렇다고 난 고물이 아니다."

그러자 친구들은 웃음을 터트린다.

"누구든지 갈등은 한두 번씩은 다 겪어봤을 거야 삶은 나도 심한 갈등이 있었는데, 사람을 잘 만나서 대학 갈 기회도 있었지만, 꼭 대학교가 무슨 의미가 있겠나 싶어서 결국은 포기하고, 기술 계통으로 진로를 굳혔지. 너희들도 잘 알다시피, 고장난 TV, 냉장고, 세탁기, 에어컨 부품을 다 뜯어놓고 책을 보면서 때로는 밤을 새워 고쳐놓고 보면, 그렇게도 기쁠 수가 없었지.

그래서 결론은 정말 잘 선택했다는 자부심마저 갖게 되었다는 것이 큰 수확이자 보람이라는 것이다.

이것은 분명히 내 자신의 확고한 신념의 결과였다."

여기까지 말을 마치자 친구들은 진심으로 감동의 박수를 쳤다. 그리고 한 마디씩 한다.

"야, 상진이 너 정말 대단하다. 누구한테 배우지도 않았는데!···."

"쟤는 어려서부터 소질이 있었잖아."

"맞아 그러니까 팔자소관이야, 타고 난 팔자소관."

"요샛말로 천재지 팔자소관이 뭐냐?"

"에헤이, A/S 달인이지, 달인."

다음엔, 포크레인 사업을 하는 병석이, 군청에서 일하는 수석이, 그리고 상진이와 같이 일하는 성길이도 간단히 한 마디씩 했다.

마지막으로 광우 차례였다.

광우는 멋쩍어하다가 용기를 내어 다음과 같이 말을 꺼낸다.

"너희들이 다 알고 있듯이, 교도소까지 갔다 온 나를 왕따시키지 않고, 이렇게 따뜻하게 맞아주니 그 고마움 어떻게 말로 표현할 수 없을 정도로 고맙게 생각해!···, 그래서 한 마디로 표현하자면, 앞으로는 절대로 너희를 실망시키지 않고 너희들처럼 성실하게 살아갈 것을 약속할게···."

광우의 이야기는 정말로 진정성 있게 들렸기에 친구들은 누구보다도 뜨거운 박수로 격려해 주었다.

그러자 광우의 눈가에는 눈물이 촉촉히 고여 있었다.

"자, 그럼 이것으로 1부는 끝내고 노래방으로 자리를 옮기겠습니다."

"만석아, 너도 얘기 좀 해라?"

"나도 뭐 특별한 얘기가 없고, 시간상 생략하겠습니다. 각자 앞에 놓인 음료수 마시고 일어납시다."

친구들은 모두 일어나 노래방으로 자리를 옮겨 즐겁고 신나게 노래를 부르고는 인근에 있는 여관으로 자리를 또 옮겼다.

밤참을 먹으며 국민학교때 이야기 중학교때 이야기 직장이야기, 이야기는 이야기의 꼬리를 물고 계속 이어진다.

그러다 새벽 4-5시쯤 되자, 한두 사람씩 코를끌며 곤히 잠이 들었다.

다음 날 아침 10시쯤 되자 한두 사람씩 일어나 아침겸 점심을 하기 위해 식당으로 갔지만, 대개는 절반도 먹지 못하고 식당을 나와 다시 '친구야' 호프 집으로 와서 차 한 잔씩 마신다.

그러나 영걸이는 무슨 일이 있었는지 깊은 생각에 잠겨 있는 듯 그런 표정이었다.

그러자 바로 옆에 앉아 있는 성길이가 묻는다.

"영걸아! 어제 저녁부터 별 말도 없는데 왜 그래?"

그러자 건너편 마주 앉은 지홍이도 한 마디한다.

"무슨…, 기분 나쁜 일이 있는 거야?"

"기분 나쁜 일이라니! 난 너희들하고 이렇게 지내고 있다는 것이 꿈이 아닌가 싶을 정도로 얼마나 기쁜지 몰라. 그래서 난 결심했다, 앞으로

264

2~3년 안에 배를 한 척 사서 어업에 종사하려 했는데, 그 사업의 성공 여부는 잘 모르겠지만 한 가지 분명한 것은, 지금 이 순간처럼 너희들과 같은 친구가 없다는 것은 분명하지 않니? 어떻게 보면 친구가 없다는 것은 참으로 불행한 일이 아닌가 하는 생각이 들더라구···.

우리 같은 친구를 어디 가서 돈을 주고도 살 수 없는 일이잖니? 그래서 난 결심했다. 나도 육지에서 일 하면서 너희들과 자주 만나 함께 같이 살아야겠다고···."

영걸이의 이야기가 끝나자, 어떤 친구는 괴성을 지르며 환영하는 친구도 있고, 어떤 친구는 힘찬 박수로 환영하고, 어떤 친구는 하이 파이브로 환영 하는 친구도 있었다.

"대환영이야 생각 잘했어."

"그럼 언제부터 시행할 계획인데?"

"내년?···아니면 후년으로 생각하고 있어."

"OK, 계획 잘 세우길 바란다."

"자, 그럼 이제 우리 '회' 명칭을 지어야 하니까

각자 지어 온 명칭을 말하기 바랍니다."

그러자 병석이는, 우리는 모두 나이가 같으니까 '갑장회'라고 했으면 좋겠다 하고,

영걸은, 우리는 영원한 친구라는 뜻의 '영우회'로,

광우는, 양지마을의 친구들을 말하는 '양우회'로,

지홍이는, 우리가 9명 이니까 '구인회'라 하고,

언웅이가 지어 온, 우리는 세상 마지막 날까지 친구라는 뜻의 '종우회'라는 명칭이 좋겠다는 친구들이 많아 '종우회'로 결정되었다.

"그럼, 이번엔 임원 선출을 하겠습니다."

그러자 수석이가 의견을 말한다.

"내 개인적인 생각은 다음부터는 돌아가면서 회장을 맡고 이번 처음은 만석이가 맡아 줬으면 하는데 어떻습니까?"

이야기가 끝나자마자 일제히 박수로 만장일치로 선출되었다.

부회장에는 민수석, 총무에는 이언웅 이 선출 되었고 임기는 2년으로 정했다.

정기 모임은 1년에 4번이 좋겠다는 의견이 6명

이 찬성하여, 3, 6, 9, 12월 셋째 토요일 12시에 만나기로 했다.

모든 회의는 끝나고 친구들은 각자 자기의 일상으로 돌아갔다.

내년 봄에 꼭 놀러 와

어느덧 오춘만이 양지마을로 돌아온 지도 벌써 1년이 되었다. 오춘만이 양지마을로 다시 돌아왔을 때 마을 사람들은 한결같이 하는 말이, 오춘만 그 사람 제 정신인가? 제 정신이 아니고서야 어떻게 그래! 머슴살이를 다시 한단 말인가?

무슨 고물상 사장이 되었다더니, 그거 헛소문 아니냐고 혀를 끌끌차며 불쌍한 사람이라고 쑥덕거렸다.

그러나 그동안 오춘만의 지극 정성으로 마당수는 정말로 몰라볼 정도로 변해 있었다.

우선 체중이 90kg이 넘었었지만, 현재는 70kg 중반으로 줄어있었다.

그것은 그만큼 열심히 일을 했다는 증거다. 이렇게 몸만 변한 것이 아니라, 이제는 마을 사람들과도 잘 어울리고 서로가 품앗이도 하는 정도가 되었다.

마광우 역시 오춘만이 적극적으로 도와준 덕분에 미니수박 농사를 성공적으로 이루어 내었던 것이다.

일이 이렇게 되고 보니, 아들은 아버지를, 아버지는

아들을 서로 칭찬하며 내년 농사는 오춘만이 없어도 해낼 수 있는 자신감을 얻어 희망의 불길이 일어난 것이다. 이렇게 마달수 부자지간이 몸도 마음도 정신마저 변한 것을 보고 마을 사람들은, 오춘만을 놓고 제 정신이냐, 고물상 사장도 헛소문이 아니냐 하는 의구심을 떨쳐 버리고, 오히려 이제는 오춘만이 양지마을의 자랑스러운 사람이니 동상이라도 세워야 하는 것이 아니냐는 말까지 나돌았다.

이제 내일이면 오춘만은 마달수의 농삿일을 깨끗이 마무리하고 서울로 올라가기 전 날 밤이다.

"여보게 1년 동안 정말 고생 많았네. 이 은혜 잊지 않겠네!"

"아이구! 은혜라니요. 당치도 않습니다."

"무슨 소린가. 나 같은 사람을 이끌어 주어 사람답게 살아갈 수 없게 해주지 않았는가."

"아이구, 점점 별 말씀을 다 하십니다."

"그리고 이건 품삯이라 생각말고 받아주게. 너무 적어서 마음에 내키지 않네만 어떡 하겠나 그냥 받아주게."

하면서 예쁜 쇼핑백 하나를 오준만 앞에 내어 놓는다.

"아니, 이게 뭡니까?"

"옛날 것은 그냥 봐주고…, 겨우 오백만 원 마련했으니 받아주게."

"웬걸 이렇게 많이 주십니까? 돈을 바라고 온 것이 아니잖습니까? 정히 주시려거든, 백만 원만 주십시요. 그것도 많지요."

"나를 더 이상 불쌍하게 만들지 말고 받아주게."

"그러세요 저도 아저씨 덕분에 수박 농사 성공했잖아요. 그러니까 받아주세요."

그러자 마달수 부인이 쇼핑백을 냉큼 집어들고 오준만 무릎위에 올려 놓는다.

오백만 원이라면, 옛날 마달수 입장에선 상상도 못할 어마어마한 금액이다. 말하자면, 오천만 원? 아니, 오억? 정도의 거액이라고나 할까?

그러나 지금은 조금도 아까워하는 기색 없이 주는 걸 보면 확실히 옛날의 마달수가 아니었다.

"정히 그러시다면 감사히 받겠습니다."

"고맙네…."

"그리고 당부드리고 싶은 것은 마을 사람들과 잘 어울려 지내십시요."

"그려 그려 내 꼭 그렇게 함세."

"그래야 어려울 때 서로서로 돕고 살지요."

"아무렴 그렇구 말구 여부가 있겠나. 너무 고단할 텐데 어여 건너가 자게나."

"예, 밤도 깊었는데 주무십시요."

이튿 날 아침 식사가 거의 끝나갈 무렵이다. 빵빵하고 자동차 경적이 들린다.

나가 보니 생각지도 못한, 민정기가 차에서 내려온다.

"아니! 아침부터 자네가 웬일이야?"

"웬일이라니? 어서 짐 싣고 가야지."

"짐이라니, 내가 무슨 짐이있어?"

어느 틈엔가 마당수 가족들이 나와 차에 짐을 싣고 있는 것이었다.

찹쌀, 멥쌀, 고구마, 감자, 마늘, 고추, 늙은호박 참깨 등등, 그야말로 농사 지은 것 아낌없이 다

주는 느낌이 들었다.

"아빠, 이것도 실어요?"

"그래, 거기 있는 것 다 실어라."

"웬걸 이렇게 많이 주십니까?"

"뭐 얼마나 된다고 그러는가 먹다 보면 없을 텐데, 올해 농사가 잘 되었지 않은가?"

드디어 물건을 다 싣고 밧줄로 꽁꽁 묶었다.

"자, 어여 가보게!"

"그럼 안녕히 계십시요."

서로 인사를 나누고서도 훌쩍 떠나질 못하고 마당쇠는 시선을 땅 아래로 돌리거나 다른 방향으로 시선을 돌리고 있는 것이다.

마당쇠나 그 부인이나 아들 광우나 변했어도 이렇게까지 변할 수가 있는가!?····

전혀 다른 사람으로 거듭 태어난 듯하여 너무도 감사함에 오춘만은 감격의 눈물이 고여 있었다.

마당쇠와 그의 부인도 언제까지나 오춘만과 같이 살고 싶지만, 영영 놓치는 것 같아 아쉬운 눈물이 고여 있었다.

"어여 가아···."

"예, 안녕히 계십시요·····"

민정기가 자동차 시동을 걸었다.

그제서야 오춘만은 차에 올라탔다.

어느덧 차는 마을 밖으로 나가는 모퉁이를 돌아 나가려는 순간, 마달수 부인이 소리친다.

"내년 봄에 상진이 엄마랑 꼭 같이 놀러와."

용달차는 저 멀리 사라졌어도, 마달수 부부는 자리를 뜨지 못하고 용달차가 사라진 쪽을 바라보고 있었다. 끝